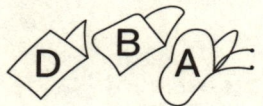

Julia Dantas

Ela se chama Rodolfo

© Julia Dantas, 2022
Publicado mediante acordo com MTS Agência Literária

1ª reimpressão, 2024

PREPARAÇÃO
Silvia Massimini Felix

REVISÃO
Thalita Martins da Silva Milczvski
Pamela P. Cabral da Silva

CAPA
Beatriz Dorea
Ana Matheus Abbade

Impresso no Brasil/*Printed in Brazil*

Todos os direitos reservados à DBA Editora.
Alameda Franca, 1185, cj 31
01422-001 — São Paulo — SP
www.dbaeditora.com.br

Dados Internacionais de Catalogação na Publicação (CIP)
(Câmara Brasileira do Livro, SP, Brasil)

Dantas, Julia
 Ela se chama Rodolfo / Julia Dantas
1ª ed. — São Paulo: DBA Editora, 2022.
 Título original: Ela se chama Rodolfo
 ISBN 978-65-5826-030-1
1. Ficção brasileira 2. LGBTQIAP+ - Siglas 3. Transexualidade I. Título.

CDD- B869.3

Índices para catálogo sistemático:
1. Ficção : Literatura brasileira B869.3
Aline Graziele Benitez - Bibliotecária - CRB-1/3129

Era uma vez um homem. Murilo empurra e se joga contra a porta, sacode-a e chuta, mas a chave não funciona. O arranjo, que desde o início parecera improvável, se mostra agora estúpido. Alugar o apartamento de uma desconhecida, sem contrato nem garantias, era o tipo de ideia que ele jamais teria levado adiante sob circunstâncias habituais. Mas as imobiliárias o escorraçavam: seu nome está sujo pelas dívidas que Gabbriela deixou no cartão dele. O acordo informal com uma pessoa que Murilo nem conhecia apareceu como última e única possibilidade, e o levou a aceitar uma fila de pessoas que fizeram a transação se concretizar, começando pela faxineira do prédio em que Murilo trabalha, passando pelo namorado dela até chegar a uma ex-aluna do homem: a dona do apartamento. O problema é que agora a chave não funciona, talvez sequer pertença àquela fechadura, talvez nem haja apartamento algum, ex-aluna nenhuma, a senhora da faxina bem pode estar comprando uma nova geladeira com o dinheiro da caução que ele lhe entregou e que ela prometeu repassar à corrente de gente. Toda essa rede de transferências se formou porque a suposta ex-aluna estava viajando. Ninguém sabia direito para onde. Murilo deveria acreditar que essa ex-aluna caíra no mundo e deveria acreditar que ela deixara um apartamento vazio para trás e deveria acreditar que ela encarregara outras pessoas de alugá-lo. E Murilo acreditara. Sente enjoo só de pensar que terá que rastrear toda essa trilha de gente para reaver o dinheiro. Tinha a esperança de que poderia se poupar das interações com outras pessoas pelo menos até o fim do ano, e agora precisará não apenas encontrar pessoas, como também brigar com elas. Diante da porta fixa, com os dedos que tentam fuçar nas entranhas da fechadura, ele se pergunta como pôde cair num golpe tão precário.

 Senta no chão, cola as costas contra a porta e estica as pernas, exausto. Prefere nem olhar para o chaveiro que pende da fechadura, uma farsa incapaz de virar para qualquer lado. Tem os olhos vidrados nas próprias mãos entrecruzadas sobre o colo quando sente que está prestes a pegar no sono. Poderia dormir ali mesmo. Cogita, por um segundo, morar no corredor. Se não fosse visto pelos vizinhos, se eles não se queixassem para o síndico, poderia com facilidade morar no corredor. Já está pensando em como acomodar suas malas sem atrapalhar a passagem das escadas, mas, de repente, sem nem mesmo se dar conta, decide tentar uma última vez.

 Vira a chave para a direita, empurra a porta. Nada. Olha para os lados em busca de ajuda. Nada. Vira a chave para a direita mais uma vez, só que agora deixa que a mão volte com suavidade para a esquerda, como quem solta ou liberta alguma coisa, e ouve então um clique. Sem que ele empurre, a porta destrava e se abre sob seu próprio peso. Murilo mais uma vez olha em volta, agora para se certificar de que ninguém foi testemunha do seu desnecessário sofrimento prévio. Sente-se envergonhado e, em alguma medida, ofendido pela porta.

Entra rápido no apartamento escuro e tem a sorte de ali ainda haver lâmpadas, e, ainda, energia elétrica. Os poucos móveis estão dispostos sem ordem, como se alguém tivesse abandonado pela metade a tarefa de levá-los embora: uma mesa, três cadeiras, uma poltrona de couro e um colchão sobre um sofá puído amontoam-se no meio da sala; na cozinha, a geladeira está grudada de frente contra a pia, ao lado de marcas de arrasto na cera vermelha do piso. Encontra, no quarto, os estrados da cama erguidos em frente à janela, as portas do guarda-roupa abertas a revelarem nada. Descobre um tapete enrolado dentro do banheiro, equilibrado sobre a quarta cadeira que pertencia à sala. Passa a mão sobre a superfície empoeirada do espelho e é através do reflexo que, no canto de azulejos verdes formado pela junção do box com a parede, ele a avista. Pequenina, ensimesmada, sobrevivente a sabe-se-lá quais privações, uma tartaruga verdíssima descansa.

Murilo demora a entender. Supõe, por um instante, que tartarugas sejam como lagartixas ou rãs ou outro desses bichos que se materializam dentro das casas sem revelar sua origem e, de maneira também misteriosa, desaparecem ao nascer do sol. Percebe o engano ao ver que a tartaruga está sofrendo. Não sabe como pode ter certeza de que esteja, mas tem, e a toma na concha da mão, conclui que ela deve ter ido ao banheiro em busca de água e pousa a criaturinha dentro da pia. Tapa o ralo com o dedão e abre a torneira. A pia se transforma em represa. Como ressuscitada, a tartaruga estica mais as patas e o pescoço e nada em círculos até deslizar, calma e certeira, para o espaço côncavo da louça destinado aos sabonetes. Tem o tamanho de um sabonete. Murilo se tranquiliza. Deixa quieta a tartaruga e sai pelo Partenon em busca de algum mercado. Precisa se aclimatar ao bairro. Voltará com panos de limpeza, desinfetantes, uma tampa de ralo e um pé de alface.

Acorda cedo no dia seguinte com o corpo ainda dolorido pelo arrastar dos móveis do dia anterior. Sabe que não deveria acordar cedo, pois isso vai bagunçar os ritmos do corpo quando voltar ao trabalho. Conseguiu dois dias de folga para a mudança apenas porque o chefe lhe devia um favor, mas logo estará, de novo, virando as noites na portaria, chegando em casa às sete e meia da manhã para dormir, começando depois seu dia enquanto o resto do mundo toma o cafezinho pós-almoço. Mas sente saudade da luz da manhã: os raios amarelos entram pela janela e envolvem o quarto num tom de sépia. O calor do verão deixa a iluminação mais pesada. O ar quente preenche o apartamento e parece querer empurrar as paredes mais para fora. Vai ao banheiro conferir se a tartaruga continua bem. Lava as mãos e o rosto no chuveiro para não bagunçar o microcosmo criado na pia. A tartaruga segue no espaço do sabonete, imóvel. Ele estende o dedo indicador. Dá um cutucão de leve. Ela se assusta, recolhe as patinhas e a cabeça num movimento rápido que, por sua vez, assusta Murilo e, diante de tanto sobressalto, ele pede desculpas.

Para por um segundo.

Dá um passo atrás. Ri sozinho.

Pediu desculpas a uma tartaruga. Quer voltar ao quarto e contar a Gabbriela, entre os lençóis, essa novíssima anedota que acaba de intitular "desculpas a uma tartaruga", e então, assim, de súbito, a lembrança de Gabbriela, a lembrança de que Gabbriela não está nos lençóis, nem no quarto, nem sequer na cidade, é o suficiente para lhe destituir do sorriso e levá-lo de volta à cama. Precisa terminar de arrumar a casa, precisa encontrar nas malas o uniforme do trabalho, precisa telefonar para Gabbriela mais uma vez. Considerando tudo isso, puxa o lençol e dorme pelo resto do dia.

À noite, sairá de casa desorientado pelo sono fora da rotina, procurando um lugar onde possa comprar cervejas e comida barata, e encontrará, no minimercado mais próximo, garrafas retornáveis, salgados fritos horas antes e balas de morango que o comoverão, pois não as via desde a infância.

Depois de três dias com a tartaruga, já tem o banheiro de volta para si. Para ela, instalou no canto da sala uma bacia cheia d'água. Uma caixinha de CD aberta serve de rampa para que o animal possa entrar e sair à vontade. Espalhados pela bacia, três potes de plástico, embocados para baixo, formam pequenas ilhas. Murilo ainda não sabe que destino dar à criatura. Não tem nada contra os animais nem contra as tartarugas em específico, mas está sozinho há meses e tem mais seis semanas para aperfeiçoar a autossuficiência antes de viajar. As férias já foram aprovadas, ele tem quase o dinheiro, quase a concordância de Gabbriela para que vá até ela consertar as coisas. Então precisa pôr a tartaruga no seu rumo. É por isso que, depois de cumprir o turno de trabalho virando a noite na portaria, gastou quase uma manhã inteira conversando com a intransigente faxineira do prédio, até conseguir um endereço de e-mail da suposta ex-aluna e proprietária do apartamento. Escreveu, e agora espera pela resposta. Enquanto a mensagem não vem, ele tenta entender o que terá levado alguém a escolher uma coisa tão estranha como bicho de estimação: não dá para acariciar, não protege a casa, não esquenta os pés.

Todas as tardes, pelo resto da semana, depois de largar uma folha de alface dentro da piscina caseira, Murilo inspeciona a tartaruga em gestos repetidos: agarra-a com dois dedos em pinça pelas laterais do casco e ergue-a até a altura dos olhos. Assim que começa o movimento, a tartaruga puxa as patas e a cabeça para dentro, e Murilo fica ali, sentado no chão, incerto quanto a que exatamente deveria inspecionar naquele caquinho de bicho, uma pastilha que é dura por cima e molenga na barriga. Todos os dias, constata que o animal está saudável. Come, move-se, esconde a cabeça, o que mais poderia fazer?

O celular de Gabbriela está desligado, como de costume. Só conversaram três vezes desde que ela foi embora. Fora isso, trocam mensagens esporádicas. Ele gostaria de lhe dizer que tem certeza de que conseguirá pagar a passagem de avião para ir até ela. Está convicto de que é o melhor modo para o reencontro. Buscaria Gabbriela na comunidade do seu retiro espiritual e depois viajariam juntos. Não seria nada ruim que a primeira viagem do casal fosse por cachoeiras e chapadas.

Não tinham discutido os detalhes, por mais que ele quisesse, pois Gabbriela se recusa a falar de futuro, concentrada que está em viver o momento presente. Ele envia uma mensagem tomando o cuidado de não dar nenhuma informação concreta sobre as passagens. Queria despertar a curiosidade dela, queria que ela ligasse e perguntasse dos seus planos, perguntasse dele.

Enfia o celular no bolso e, segundos depois, sente-o vibrar. Rápido, pega-o de volta, mas não é ela. Apenas a notificação de um novo e-mail.

CARO MURILO,
que alegria trepidante receber a sua mensagem. Andei preocupadíssima com Rodolfo. Tive de abandoná-lo nas circunstâncias mais impiedosas e temi que ele precisasse aprender a se virar sozinho. Já deve ter visto que Rodolfo é muito inteligente, mas eu não saberia medir sua possibilidade de sobreviver desassistido. Murilo, sei que você já fez muito, mas peço que se desvie ainda um pouco mais dos seus caminhos para garantir o bem-estar de Rodolfo. Vejo que ele já o cativou, e disso entendo melhor do que ninguém: como resistir àquele ar contagiante de placidez, à maneira de um quadro de Manet, porém com patas gordinhas? Bem, um dos meus melhores amigos é dono de um pequeno bar na subida para a Tristeza. Mando abaixo o endereço. Seria pedir demais que você deixe Rodolfo aos cuidados dele? Lisandro é um homem de coração doce, ficará feliz em ter uma nova companhia.
Com profundo agradecimento,
FRANCESCA RAMOS

Murilo acaba de acordar. Deve ser o início da tarde. Sai da cama procurando as calças e o casaco pelo chão. Atravessa a sala ainda pensando nas palavras do e-mail. Teria sido um deboche? Ninguém escreve daquele jeito no século 21, embora, talvez, a tal Francesca Ramos pudesse ser uma senhora de muita idade, o que explicaria o tom formal falsamente simpático. Poderia ser uma velhinha. Mas muito bem poderia ser um deboche. Ainda está ponderando sobre o que pensa daquela resposta quando ouve a campainha pela terceira vez.

Sei que você está aí, a irmã grita do lado de fora, não vou embora enquanto não me deixar entrar. Murilo se arrasta até a sala, de má vontade. Abre a porta sem erguer os olhos e já dá meia-volta para sentar no sofá. Lídia entra cuidando para que seus passos façam mais barulho do que o necessário. Detém-se em frente ao irmão, como quem espera uma resposta a uma pergunta não feita. Só não pisa na tartaruga, Murilo pede enquanto, na busca de algum indício do motivo da visita, passa os olhos pela bolsa de couro, a camisa com punhos de renda, a calça vincada e os sapatos altos.

— Onde ela fica? Pela tua mensagem, até achei que fosse piada.

A tartaruga está abocanhando as farpas que escapam dos pés da mesa de madeira. Embora Lídia seja alguns anos mais jovem do que o irmão, sempre o repreendeu por todas as coisas que julgava inadequadas, como se remendasse o trabalho mal-acabado dos pais. Ela ordena que compre logo uma gaiola e armazene a tartaruga corretamente. Murilo esfrega os olhos ainda encobertos pelo sono.

— Não vou engaiolar um bicho que nunca me fez mal.

— Ela está fazendo mal à mesa.

— Bom, foda-se. Essa mesa deve custar menos que o teu corte de cabelo.

A irmã larga a bolsa sobre uma das cadeiras. Percorre o apartamento inspecionando os cantos. Abre a janela, passa os dedos pelo pó que se acumula na parte interna das persianas, recolhe papéis de bala de morango de cima dos móveis (faz questão de anunciar que são catorze), recusa-se a contar as garrafas no lixo da cozinha (como se Murilo tivesse pedido, ela grita da despensa: "Me recuso a contar as garrafas de cerveja desse chão!"), retira a lâmpada queimada do banheiro, mas não encontra outra para repor. Lídia fala com o tom de voz que o irmão imagina ser o que ela usa no fórum com as testemunhas de processos de guarda de filhos, brigas por heranças e outros desastres familiares. Ela volta a parar diante dele.

— Você não tem condições de assumir uma responsabilidade dessas.

— Que responsabilidade, Lídia? Faça-me o favor.
— A tartaruga. Você não consegue tirar o lixo de dentro de casa, vai lembrar de dar comida pra ela?
Murilo abre os braços.
— Eu não preciso. Ela vai comer a mesa.

Gabbriela não estava ali porque buscava coisas. Tinha um caderno com ideias para mudar de vida: brechó on-line, banquinha de lanches, aprender a tocar guitarra e formar uma *girl band*, aprender chinês e trabalhar com executivos de multinacionais, montar um brechó on-line com roupas chinesas que ela promoveria tocando guitarra, e assim por diante. Como eram muito menos do que planos, nenhuma das ideias saía do papel.

Enquanto formulava modos de "virar o jogo", como ela dizia, testava estratégias para ganhar dinheiro rápido. Desistiu logo da venda de cosméticos, ofereceu fotos dos próprios pés num site gringo, mas concluiu que aquilo lhe dava mais nojo que dinheiro, e chegou a fazer algumas apostas no jogo do bicho, mas perdeu todas.

Relembrando esse histórico frustrante — e um pouco perturbador no que dizia respeito ao pés —, Murilo não gostou que ela continuasse andando com o novo pessoal esquisito que ela havia conhecido numa aula de bioenergética. As frases sobre desapego material, a ênfase na generosidade, a crença de que doando aos outros, receberia-se um retorno centenas de vezes maior: só podiam ser preâmbulos para um roubo consentido. Murilo previa que logo Gabbriela se daria conta de que tinha, sem querer, entrado num esquema de pirâmide.

"Só me promete que tu não vai dar dinheiro pra esses teus novos amigos", ele pedia quando ela afirmava que pretendia não apenas continuar se encontrando com eles, mas até duas vezes por semana. "Só promete isso", ele repetia, e Gabbriela não fazia mais do que abrir um sorriso ausente, inclinar a cabeça e, às vezes, correr os nós dos dedos pelas bochechas dele, no gesto igual ao de quem se despede de um morto querido no caixão.

Foram necessários dois ônibus para sair do Partenon e chegar às ruas de paralelepípedos do bairro Tristeza. Quando Murilo encontra a rua do bar do amigo de Francesca, já passam das cinco. Resta pouco tempo antes do horário que ele precisa chegar à portaria para trabalhar, só o suficiente para entregar a tartaruga e caminhar de volta à parada de ônibus. Enfrenta duas quadras de subida íngreme até encontrar o Bolicho Camões. Um trio de mesas na calçada, meia dúzia de cadeiras e um letreiro em lona plástica decoram a entrada. No interior do bar, o mobiliário não é muito diferente. As mesinhas de metal preenchem a sala do tamanho de uma garagem. O balcão ao fundo serve de armazém para grandes potes de conserva e de esconderijo para um homem do qual se vê apenas o topo da cabeça. Murilo atravessa devagar e tenta sorrir para as cinco pessoas que bebem cerveja pelas mesas. Ninguém presta atenção: raras vezes o temor de Murilo de ser o centro das atenções corresponde a uma ameaça real.

    Apoia os dois braços sobre o tampo de madeira, pede licença, dá boa tarde à cabeleira morena atrás do balcão e termina sua fala com "e me desculpe incomodar, viu." Um rosto queimado de sol com olhos brilhantes encara Murilo. Sorri curioso e, quando responde boa noite, parece conter um riso. "O senhor é o Lisandro?", pergunta Murilo, e recebe um aceno positivo de cabeça. "Venho da parte da Francesca", Murilo tenta continuar, mas a frase faz estourar uma gargalhada na boca de Lisandro. O dono do bar enfim se levanta e, de pé, faz uma mesura antiquada com a mão direita, como se erguesse um chapéu invisível, enquanto diz, engrossando a voz, "mas querido rapaz, pra que tanto protocolo, o nosso senhor está nos céus, aqui embaixo só ficam os bêbados e os diabos."

Envergonhado pelas formalidades que cumprira, talvez influenciado pela formalidade do e-mail que recebera, Murilo finge sorrir e se desculpa mais uma vez. É que eu vim entregar a tartaruga da Francesca, ele diz. Lisandro desmancha a expressão de alegria. Tartaruga? E Murilo abre o saco de papel em que Rodolfo viajara. Mal sai do cativeiro, o animal começa a caminhar como se já soubesse perfeitamente onde estava e conhecesse os obstáculos que o esperavam: desvia de um guardanapo amassado, avança por cima de um palito de dentes e estaciona em frente à conserva de ovos de codorna. Em silêncio, os dois homens observam.

— Desde quando a Francesca tem uma tartaruga?
— Não faço ideia. Eu só encontrei no meu apartamento.
— Incrível. É bonitinha. Mas não posso ficar com ela.

Murilo ignora a negativa. Ajeita a mochila nas costas. Aquilo já não é mais problema dele. A tartaruga contornou o frasco de conserva e se aproxima da beirada do balcão.

— A Francesca pediu que eu te entregasse.
— Acontece que eu não gosto de répteis.
Murilo hesita. Fica em dúvida se tartarugas são répteis. Lisandro emenda:
— Os répteis são a prova de que Deus também erra.
O quê? Murilo move os lábios num protesto sem som. Lisandro ainda tem na cara uma expressão de nojo ou incompreensão pelos répteis. Murilo sacode a mochila sobre os ombros até que ela se acomode e se afasta do bodegueiro. Agarra a tartaruga que, com o pescoço esticado, contemplava o precipício entre o tampo de madeira e o chão. Volta a cabeça para Lisandro. Tem certeza de que a tartaruga não ficaria segura com ele. Coloca-a de volta no saco de papel pardo. Olha para as paredes em volta. Da porta do bar, ainda grita para dentro:
— Da onde o senh... tu conhece a Francesca?
— Ela trabalhou aqui, mas faz tempo, antes dela ter esse nome metido a besta.
— Como assim?
Mas Lisandro já está sentado escondido pelo balcão e apenas sua mão faz um sinal que enxota Murilo do lugar. Antes de ir embora, Murilo tenta sanar uma última dúvida:
— Por que Camões?
De trás do balcão, os braços do homem se levantam.
— Porque ele sempre aparece.
Não resta tempo para mais nada no meio da esquisitice. Murilo aperta o passo, mas, mesmo assim, avista, à meia quadra de distância, o ônibus saindo da parada. Não tem ânimo para

correr no calor de trinta graus. À espera do próximo, ele passa vinte minutos de pé, segurando o saco de papel aberto para permitir a entrada de ar para a tartaruga. Odeia esperar e, enquanto espera, sente o tempo que joga fora ali na parada de ônibus, e pensa o quanto de vida já jogou fora em esperas, pensa que ainda precisa esperar semanas para a viagem das férias, umas seis semanas para corrigir o erro central em torno do qual se organizou sua vida atual, e pensa que vai chegar tarde ao trabalho, e a empresa vai descontar do seu salário, e pensa que esperar é pior do que dormir.

Chega ao trabalho dez minutos atrasado. O porteiro do horário diurno que é a cara de um jovem Cartola o espera já de pé, e basta que Murilo atravesse a porta para que ele comece a reclamar. Agora vai pegar um ônibus lotado da hora do rush, terá que ficar de pé, não vai conseguir ler os textos antes de chegar na faculdade, Murilo não tem vergonha de atrapalhar a vida dos outros? Murilo pede desculpas enquanto veste a camisa azul por cima da camiseta, já que não há tempo para entrar e trocar de roupa. Diz que teve um imprevisto. Abre o saco de papel e despeja a tartaruga sobre a escrivaninha dos porteiros atrás do balcão de recepção. O falso Cartola para de resmungar. Aproxima o rosto da criatura.

— Pode trazer essas coisas pra cá?

Murilo ajeita a gravata bordô no pescoço.

— Que texto tu precisa ler pra aula?

— O segundo canto dos Lusíadas.

Murilo ri sem se explicar ao colega. Camões sempre aparece.

— Olha, em resumo, Vênus e as nereidas salvam o Vasco de uma emboscada em Mombaça, e depois os barcos seguem até Melinde, onde fica tudo certo.

O porteiro balança a cabeça com a cara do Cartola ainda de olho na tartaruga. Junta suas coisas e sai em direção ao almoxarifado para trocar de roupa. Murilo sabe que o rapaz se preocupa com as normas da empresa. É claro que não podia levar aquilo ao trabalho. Para não levantar suspeitas, tenta não olhar diretamente para as câmeras enquanto esvazia a gaveta superior da mesa e mete ali o saco de papel com a tartaruga. Torce para que ninguém esteja observando os monitores na central. Sabe que o trabalho é avaliado por amostragem, não há como vigiar todos os vigilantes o tempo todo. De vez em quando um supervisor o convoca para dizer muito bem e, às vezes, o convoca para dizer que ele anda desatento, que não está de olho em todas as entradas do prédio e que não fez todas as rondas exigidas pela norma. Murilo não entende bem que posição ocupa nesse panóptico em que deve controlar e ser controlado, mas tem pouca paciência para subir e descer todos os andares mais de cinco vezes por noite.

Está sentado quando o jovem-Cartola, já vestido em roupas normais, passa a caminho da rua. Logo o movimento do edifício diminui, e ele passará a noite sozinho, poderá arranjar água para a tartaruga e tirá-la do cativeiro. Por enquanto, só precisa manter as pernas sob a mesa para que ninguém veja que ainda veste jeans e não a calça social preta do uniforme. Ele vai evitar as câmeras, vai controlar a respiração nervosa e desejará sonoros boas-noites aos trabalhadores que encerram a jornada e se retiram do prédio em direção à escuridão da rua.

Num dos cochilos que não consegue evitar durante as doze horas de trabalho, Murilo sonha com o dia em que conheceu Gabbriela. Foi logo depois de ter saído do seu turno, de manhã cedo. Tinha entrado na lanchonete de conveniência de um posto de gasolina para comprar café, porque por aqueles dias a empresa tinha proibido que os porteiros mantivessem garrafas térmicas na sua mesa (alegaram razões estéticas). Aproveitou para descansar as pernas porque, também naqueles dias, a empresa havia instaurado uma rotina de ainda mais rondas pelos treze andares do prédio e isso o fazia caminhar boa parte do tempo do serviço.

 Contava as colheres de açúcar quando ouviu o som de golpes firmes vindos de outra mesa. Não entendeu o que podia ser o barulho. Espichou o pescoço para encontrá-lo. Não vinha do homem dos bigodes tortos nem do velho com cara de pelicano, e muito menos do traste que mexia as mãos dentro dos bolsos. Viu então a mulher, e ela voltou a bater o vidro de pimenta contra o granito da mesa. Ali estava. Tão alheia ao entorno que Murilo pensou que ela devia estar ali por engano, que ela não pertencia àquele ambiente desacordado e insípido, onde ela não dava nenhum sinal de perceber ou se importar com as pessoas que se torciam em caretas a cada golpe insistente do vidro de pimenta, como se fosse aquilo que estragaria seus dias. Alheia e linda, ele pensou, e o descuido corajoso da mulher fez com que Murilo também tivesse coragem para se levantar, caminhar até a mesa dela e oferecer o próprio vidro de pimenta, depois de ter limpado os furinhos com um palito de dentes.

Ela agradeceu. Temperou o pão de queijo. Murilo estranhou pão de queijo com pimenta e riu baixinho. Ela ergueu a cabeça, desalinhando as sobrancelhas. "Desculpe", Murilo disse, "é que eu nunca tinha visto", e pediu para terminar seu café na mesa dela. Ela olhou para os lados. Firmou o olhar sobre Murilo:

— Pode ser. Melhor tu do que eu correr o risco do tarado ali querer sentar comigo — ela disse e apontou para o sujeito com as mãos nos bolsos.

Não era a melhor resposta que Murilo podia esperar, mas bastou. Os dois engataram uma conversa sobre cafés ruins e furinhos de vidros que entopem com a umidade. A partir daquele dia, ele a esperava todas as manhãs, e eles falavam do trabalho — ela era assistente de uma organizadora de eventos —, de temperos e, sempre, do café ruim.

Fazia frio quando a viu pela primeira vez fora do café do posto. Eles haviam saído juntos da conveniência. Ela vestiu o blusão e fez um gesto de quem tira os cabelos de dentro da gola, mas o cabelo curto terminava na altura da nuca. Murilo aproveitou: aposto o nosso próximo café que tu tinha cabelo comprido até pouco tempo. Ela gostou:

— Como tu sabe?

Ele endireitou as costas, estufou o peito e repetiu os gestos dela com exagero, balançando cabelos imaginários no ar. Murilo ouviu a risada de Gabbriela pela primeira vez. Pela primeira vez, ela tocou no seu braço. Ele a convidou para saírem numa das suas noites livres, e ela aceitou sem hesitar. "Achei que eu ia ter que te convidar", ela disse despedindo-se.

As lembranças o deixam exausto, cansaria menos se ficasse acordado. Gabbriela abandonou os cafés ruins da loja de conveniência e, agora, vive a milhares de quilômetros de distância numa cidade interiorana de Goiás da qual Murilo nunca ouviu falar, mas não importa. Talvez tenha trocado a pimenta por chia e queijo vegano. Talvez o tenha substituído por um colega de retiro — seria um iogue?, um músico?, ela sempre gostou de música, mas talvez não esteja com outro, talvez, é possível afinal, talvez ela esteja passando um tempo sozinha, como disse que faria quando apareceu em casa com a passagem, apenas uma passagem, e talvez ela vá ficar feliz quando Murilo aparecer, agora mais calmo e mais sensato, marcado pela dor da perda de um grande amor — ela — e, assim, pronto para se relacionar de um jeito melhor, mais leve, como ela queria. Murilo sem dúvida chegará a Goiás um homem melhor, um homem pronto. Mas, por ora, ele sai do trabalho e volta para casa se arrastando pela perimetral. A tartaruga também parece ter sofrido com a noite na gaveta: está mais agitada do que o usual. Não dá bola para a sua bacia com água, caminha pelo chão em círculos tortos. Murilo passa um café fraco e começa um e-mail para Francesca:

Teu amigo odeia répteis.

Depois troca a água da tartaruga. Tenta mostrar ao bicho que trocou a água. Fala e faz gestos. Sente muito sono. Agarra a tartaruga e a joga dentro da bacia.

Teu amigo odeia répteis e não quis ficar com teu animal de estimação.

A tartaruga vem descendo pela caixa de CD. Deixa gotinhas de água pelo chão e volta a caminhar em direção a coisa nenhuma.

Teu amigo odeia répteis e não quis ficar com tua tartaruga provavelmente porque ela é uma idiota.

Murilo se arrepende, apaga a frase inteira. Respira fundo e escreve:

PREZADA FRANCESCA RAMOS,
Teu amigo considera que répteis são erros divinos e não aceitou a tartaruga.
Ache outra pessoa. Ela não vai poder ficar comigo por muito tempo.
Aguardo contato,
MURILO PAREDES

Larga o celular no chão e, em seguida, pega no sono no sofá.

CARO MURILO,

sempre soube que Lisandro era um homem singular (não posso reclamar, eu também sou uma mulher singular), mas não conhecia seu temor em relação aos répteis. Tampouco sei o que opinar sobre os erros de Deus. Suponho que haja erros maiores na criação do que algum mau cálculo na biologia de um ou outro reino, mas prefiro me ocupar do que é da terra. Temos suficientes mistérios ao alcance da mão. Aqui onde estou, em Pitimbu, conheci o menino Sebastião, que mora com o pai numa minúscula casinha na praia. Todos os dias, ele acorda antes de clarear e sai de casa carregando uma vara de pesca, com a escuridão fria da noite ainda a lhe beliscar os calcanhares. Aprendeu com o avô que é necessário buscar o sol todas as manhãs, sob risco de permanecer na escuridão eterna. Sebastião corre pela vila de pescadores atravessando a espessura do ar sonolento e se mete dentro de qualquer um dos barcos atracados na areia. Esgueira-se na proa, esticando o corpo para fora, e joga o anzol ao horizonte. Fica ali, a jogar o anzol quantas vezes sejam necessárias até que o sol morda a isca, e a luz desponte no fim do mar separando a água do céu. Então Sebastião recolhe a linha devagar, riscando de laranja as primeiras nuvens doces da manhã, e volta para casa triunfante. No caminho, apenas o padeiro diz muito obrigado e lhe dá sempre dois pães como pagamento pelo parto do dia. Eu gosto muito do pequeno Sebastião, mas gosto tanto mais do padeiro, que sabe dar de comer à inocência.

Peço desculpas por ainda ter de se encarregar de Rodolfo. Pelo menos as viagens nunca são vãs, e você pôde conhecer o bolicho. Sei que já peço demais, mas não quer me contar como estava o bairro, a ladeira íngreme e aquela falta de ar adstringente na garganta, o cheiro ocre do balcão de madeira? Sinto muitas saudades, tantas que as ponho no plural, uma saudade para cada coisa. Além disso, imploro que deixe Rodolfo no sítio de outro amigo, ele sem dúvida não tem problema com répteis, vai abaixo o endereço.

Um beijo,

FRANCESCA

Murilo lê a mensagem no fim do dia. Embora não trabalhe essa noite, sabe que não haverá tempo para ir até o sítio e voltar para casa ainda com luz. Não costuma ir à zona sul, então tampouco sabe se amanhã conseguiria levar a tartaruga e chegar pontual ao trabalho. Não pode se atrasar mais uma vez, não teria a menor paciência para ouvir as advertências do supervisor. Calcula que é melhor deixar para depois de amanhã, quando terá o dia inteiro livre. Uma das poucas vantagens do emprego e dos plantões de doze horas é de vez em quando poder dedicar horas e horas de folga a uma coisa só. Virar uma noite trabalhando para em seguida folgar por um dia e meio não chega a ser um benefício trabalhista, mas ele acabou se habituando à constante confusão temporal.

Ele não termina de entender por que Francesca falou tanto no tal Sebastião. Além do mais, Murilo tem pouca paciência com crianças, sejam as de verdade ou as da literatura. Tem vontade de sentar com elas e falar quais são todas as coisas que não existem: papai noel, deus, gnomos, ratinho do dente, coelho da páscoa, pote de ouro no arco-íris. Murilo fica exasperado que as crianças acreditem nessas coisas, mas principalmente lhe causa imenso desgosto que os adultos façam imensos esforços para manter a ilusão, como o avô e o padeiro de sabe-se-lá-onde que mentem para o pobre Sebastião em vez de lhe ensinarem um pouco de astronomia, que seria mais útil.

Escreve umas linhas rápidas para dizer a Francesca que foi ao Bolicho Camões de carro, nada sabe da ladeira, diz que estava gripado e não sentia cheiros e diz que não sabe escrever bem, não poderia contar nada direito. Murilo concedeu apenas uma frase sincera: meu único intento na escrita foram análises sociopoéticas da alimentação simbólica dos urubus em zonas urbanas. Fica satisfeito com a honestidade disfarçada. E, já que os urubus voltam à sua cabeça, quando o ar noturno começar a refrescar o apartamento de Murilo, ele vai, enfim, abrir uma cerveja, cobrir os ouvidos com tampões de silicone, abrir o caderno de folhas pautadas e tentar escrever.

Das janelas dos prédios altos da avenida, veem-se os urubus sobre terraços e parapeitos. Experientes em uma nobre imobilidade, eles aguardam com paciência pela próxima refeição. Sempre a partir do fim da tarde, os urubus se jogam das alturas e despencam em velocidade terrível até a calçada. Não precisam disputar comida. Há de sobra para todos. Os urubus da avenida devoram sonhos mortos e são os mais bem alimentados da cidade.

Gabbriela não entrou para um esquema de pirâmide. Numa tarde de um julho excepcionalmente ventoso, ela comunicou a Murilo que agora preferia ser chamada pelo nome Aja, aquela nascida onde as cabras vivem. Recém-acordado de um cochilo preguiçoso, ele chegou a pensar que fosse algum tipo de jogo sexual, mas Gabbriela permaneceu sentada sobre o colchão, de pernas cruzadas, e não havia nada erótico nas suas roupas azuis folgadas.

Ele analisou o cenário por algum tempo até concluir que a cena estava se desenrolando a sério, então perguntou a única coisa que lhe passava pela cabeça:

— Que cabras, Gabbriela?

Ela endireitou a coluna e falou em ar solene, como quem conversa com um discípulo.

— Tu sempre presta atenção no que não importa. Murilo, eu vivia no caminho errado antes. Agora eu reconheci o certo. Fui nomeada Aja.

Foi necessário um longo e intrincado diálogo até que Murilo compreendesse que, entre as pessoas do grupo que

Gabbriela frequentava, ela havia encontrado um guru espiritual, um homem que anunciava não ser o porta-voz de uma religião, mas de um tipo de conhecimento tão profundo que abarcava, para além da religião, a ciência, as artes e o espírito. Ele representava a linhagem de conhecimento que antecedeu tudo isso, a verdade que unia a humanidade aos planos superiores.

A essa altura, Murilo estava de novo afundado no travesseiro perguntando-se quanto tempo essa nova moda ia durar.

Cada vez parece mais ridículo a Murilo que a tartaruga se chame Rodolfo. Detesta animais com nome de gente, como quando um tio meio distante o convocou para o enterro do Geraldo. Preocupado e sentindo-se culpado por não lembrar quem era Geraldo — poderia ser um primo mais jovem? —, Murilo pediu folga à empresa, alegou urgentes obrigações familiares, e na casa do tio descobriu que Geraldo era um cachorro barulhento que fora envenenado pelos vizinhos. O tio nem gostava do bicho e só o usava nas rinhas de cães do fim de semana. O cretino. Desde então não atendia mais as ligações do tio cada vez mais distante e detestava nome de gente em coisas que não fossem gente.

Porém, mais ridículo ainda do que se chamar Rodolfo era que a tartaruga tivesse sido esquecida, que não fosse aceita por mais ninguém e que Murilo estivesse agora no terceiro ônibus para atravessar oito bairros e entregá-la a um produtor de cogumelos orgânicos na zona rural de Porto Alegre. Fosse uma pessoa, Murilo provavelmente não faria tamanho esforço, mas um animal tem a desculpa da irracionalidade para ser um incômodo.

Ele não costumava ir para aqueles lados da zona sul. Na paisagem da janela do ônibus, os viadutos dão espaço ao horizonte do rio que parece lago, ou lago que parece rio. E quando o ônibus se afasta da água e adentra grandes avenidas, Murilo pensa que talvez haja um engano. Esse não parece ser o caminho para uma zona rural. O cobrador ri. Até Belém Novo ainda falta quase uma hora.

Tem a sensação de ficar dias percorrendo a Juca Batista sem chegar a lugar algum. Estava distraído quando saiu da zona urbana pois, quando volta a se concentrar no exterior da janela, já tem a impressão de estar atravessando o pampa. Como o espaço de uma cidade pode ser tão mal distribuído? Nesse tanto de vazio era possível esparramar todos os prédios-pombais do Centro e ainda sobrava lugar para umas praças, piscinas ou árvores.

Olha para o cobrador na esperança de obter alguma confirmação de que está indo no caminho certo, mas o homenzinho está concentrado demais numa bergamota. O verde se espalha longe e pequenos matagais cobrem trechos da estrada. Murilo procura pássaros, mas não os enxerga. Pouco depois, ele é surpreendido pela voz do cobrador.

— Tu vai saber quando a gente chegar, não te preocupa.

Murilo vira o rosto para o homem, mas ele continua mergulhado na bergamota. Talvez aquela frase tivesse sido uma declaração automática, uma dose de tranquilizante que ele administra a todos os passageiros a cada quatro ou cinco quilômetros.

Lá fora, como se a paisagem estivesse sobre uma esteira rolante, passam campos de futebol, pequenos grupos de vacas, pórticos de sítios, plantações de pêssego. Depois o ônibus avança por ruelas e caminhos de terra, superando os buracos num sacolejo que faz Murilo pipocar no banco.

Ele não tem certeza, mas de fato desconfia quando chegam a uma pequena praça com ares de cidade do interior: uma igrejinha, um bar pobre, uma construção histórica ao lado de uma casa que anuncia xerox, internet e crepe. Antes que consiga formular uma pergunta, Murilo vê o cobrador com o polegar da mão direita erguido na direção dele, enquanto a outra mão brinca com cascas retorcidas de fruta.

Murilo desce do ônibus. Como um corpo estranho num organismo vivo, Murilo se espeta no meio da rua de paralelepípedos que o rejeita. Ele tenta fingir naturalidade quando entra na cantina da praça e pergunta pela Fazenda Magnodum. Apresenta-se com a desconfiança dos forasteiros ao pisar onde sabem que serão reconhecidos como forasteiros.

Murilo espera que o homem atrás do balcão lhe responda, mas quem levanta a voz é uma adolescente sentada na mesa do fundo. Está debruçada sobre um caderno e dois livros. "O que tu quer lá?", ela pergunta e faz sinal para que ele se aproxime. Murilo caminha devagar. As solas dos seus sapatos têm que se desgrudar a cada passo do chão pegajoso de ladrilhos vermelhos. Sob uma cadeira à direita, uma nuvem de moscas flutua ao redor de uma mancha escura. Junto ao balcão à esquerda, uma barata morta exibe a barriga aos ares. Lá na frente, os pés da garota descansam sobre um par de tijolos alinhados lado a lado.

Murilo para em frente à mesa, os braços cruzados.

— Tenho que entregar uma encomenda.

A garota larga a caneta sobre um dos livros, cruza os braços também:

— Eles não fazem encomendas.

Murilo ri. Puxa uma cadeira de outra mesa e senta em frente à menina.

— Tu conhece bem eles?

— Isso aqui é um fim de mundo.

— Sei. É que eu tenho que levar isso até lá.

Murilo tira da mochila a caixa de papelão com furos na tampa na qual leva a tartaruga. Pega-a com cuidado e a pousa ao lado da caneta sobre o livro.

— Rodolfo! — grita a adolescente, sentando na ponta da cadeira. — Mas por que ele tá contigo?

— Vocês se conhecem? — é a pergunta pasmada que Murilo consegue elaborar.

— Claro. Mas ele ficou maior.

Murilo não entende como a tartaruga já poderia ter sido menor do que é, mas quer aproveitar a oportunidade.

— Então tu fica com ela até que a dona volte de viagem?

— Pra onde a Francesca foi?

— Não sei. Mas precisa que alguém cuide disso.

— A gente aqui não pode, os gatos iam pensar que é de comer. Melhor mesmo tu entregar pro Felipe.

Rodolfo caminhou e está tentando descer do livro. A lombada é grossa, a tartaruga hesita. Murilo cogitar ajudar, mas está cansado.

— Posso tomar um café aqui antes?

— Eu pego na cozinha. Enquanto isso, te deixo pôr os pés nos meus tijolos. Tá vendo essa mangueira que passa por dentro deles? É um circuito com água gelada. Foi o Felipe que montou.

Murilo espia debaixo da mesa. Não tinha reparado na mangueira. É um sistema esperto. Tira os sapatos e acomoda os pés sobre os blocos resfriados.

O sol ainda está alto sobre o rio quando ele cruza o portão da Fazenda Magnodum. Caminha entre hortas e canteiros. Engenhocas incompreensíveis de metal pendem dos galhos das árvores e balançam ao vento. São engenhocas feitas de placas de alumínio, remendos de arame, restos de coisas e peças. Murilo bate à porta da casa. Ninguém responde, e ele se atreve a sacudir a sineta largada sobre o parapeito da janela. Surge de trás da casa um homem de galochas de borracha preta, bermuda jeans imunda e um moletom puído. Aparenta a idade de Murilo, mas, ao contrário dele, tem uma barba longa e cabelos queimados de sol.

"Tu é o Felipe?" "Sim", ele confirma, e Murilo emenda já a breve história de como conhece Francesca e começa a falar da tartaruga, mas Felipe o interrompe. Pergunta se ele gosta de repolho. Murilo não responde. Felipe pede que ele o acompanhe à parte de trás do terreno porque está trabalhando na horta e não pode parar. Murilo o segue, desviando das estranhas esculturas de metal.

— Essas coisas aqui são o quê? — pergunta ao empurrar para longe uma espécie de capacete carcomido.

— Nada demais. Só uns sonhos que eu tenho.

Murilo vira o rosto para que o outro não veja a careta que ele não consegue evitar. Ele conhece bem o tipo de gente com quem está falando: rapazes como Felipe andavam pelo campus da faculdade aos borbotões. Vinham de famílias bem de vida, nunca precisavam sequer de um estágio ao longo do curso, ganhavam no Natal dinheiro para as férias e, depois, complementavam a renda do ano vendendo brownies com maconha, barris de cerveja artesanal, granola orgânica, produções pagas pelos pais nos fundos de casa. Eles eram sempre cheios de sonhos: morar na zona sul, fazer a sua arte, entrar em contato com a natureza, ter silêncio e contar com a precariedade de uma única linha de ônibus quase fantasma para a qual eles não davam a mínima porque ainda tinham aquele carro de quando passaram no vestibular. Murilo não tem a menor paciência para esse tipo desprendido, a figura do artista contestador.

Enquanto enxerga em Felipe os antigos colegas (a mesma barba irregular, o mesmo jeito de se mover como se ninguém jamais estivesse olhando), Murilo o observa puxando as pontas de arame de uma das geringonças. Retorce-as um pouco mais do que já estão retorcidas, seus movimentos vão e voltam, como se ele nunca ficasse satisfeito com o resultado. Sem que Murilo pergunte nada, porque ele faz questão de não se interessar, Felipe pega no colo o emaranhado de arames e retalhos de tecidos e lamenta:

— Nem sempre eles saem como deveriam. Esse, por exemplo, era muito mais assustador. Foi quase um pesadelo, sabe?

E agora ele tem cara de bichinho de pelúcia.

— Tu teve um pesadelo com isso?

— Sim, eu disse. Todos eles são sonhos. Sempre aparece um quando eu durmo. Nunca dei muita bola até que uma ex-namorada me disse que eles eram objetos que queriam existir, mas não tinham sido inventados.

De novo — a sensação é cada vez mais frequente —, Murilo tem medo de estar diante de um deboche.

— Quer dizer que todas essas esculturas tu inventa a partir dos teus sonhos?

— Não! — Felipe responde num salto. — Não são esculturas. São objetos. Que existem, mas eles calharam de existir só quando eu durmo. Eu não invento nada. No máximo, arranco eles de algum lugar do meio da noite.

Felipe levanta o rosto para o céu. Hesita em dizer alguma coisa, como se perdesse uma palavra no ar. Até que abre um largo sorriso e se decide a falar:

— Eu acho que dou eles à luz. Saca? Nunca tinha me dado conta. Mas eu tiro esses objetos da barriga dos sonhos.

Murilo não consegue acreditar que um cara que fala desse jeito é amigo de uma mulher que escreve e-mails daquele jeito, e que ele esteja agora lidando com gente desse jeito.

Felipe então se ajoelha em frente a uma fileira de pés de repolho. De repente, olha para cima buscando Murilo.

— Talvez eu não deva dizer que dou à luz, as mulheres podem se ofender. Tu acha que é machista um homem dizer que dá à luz?

Sem esperar a resposta de Murilo, enche uma cesta até a borda, acomodando as folhagens de modo que não as amasse e, sem nem olhar para trás, estende o braço esquerdo ao ar dizendo apenas "me ajuda aqui." Murilo toma Felipe pelo braço para que ele se levante e, vendo que o braço sujo de terra foi rapidamente substituído por uma das alças da cesta, Murilo ajuda a carregar os pés de repolho para dentro da casa. Entram por uma porta dos fundos direto na cozinha.

O pé-direito alto, as janelas enormes e as portas abertas criam um ambiente arejado, onde a temperatura é mais amena do que na rua. Largam as cestas sobre a mesa de madeira e Felipe começa a juntar pés de repolho com ramos de hortelã e grupos de ameixas. Murilo observa as etiquetas com nomes e endereços junto a sacolas de pano.

— Achei que tu trabalhava com cogumelos.

— Também. Eles estão aí atrás de ti.

Murilo se vira e vê as bandejas com shitakes e shimejis, mas seus olhos logo sobem para os quadros pendurados na parede dos fundos. Quase vinte grandes pinturas desalinhadas cobrem toda a superfície, tão apertadas que as molduras se sobrepõem umas às outras. São retratos parecidos com os que conheceu num livro antigo sobre Rembrandt, mas sem marcas de envelhecimento, como se tivessem viajado no tempo do século 17 para ontem. Nos cantos, quase ocultas pelas molduras, Murilo pode ver as assinaturas que dizem F. Baiocchi. Antes que ele consiga perguntar, ouve a voz de Felipe:

— São do meu pai. São bons, né? Ele fez isso ao longo de toda a vida. Mas eles parecem de outro tempo. É uma pena.

— Uma pena?

— Hoje em dia eles não valem nada, nem pros críticos nem em dinheiro.

Com essa simplicidade certeira, resumiu o desperdício de talento que ocupa suas paredes. Murilo ainda assim está impressionado.

— Ele nunca tentou nada diferente?

— Muitas coisas diferentes. Mas só se saía bem nesses.

— Dava pra vender dizendo que são antiguidades.

— Imagina. Não tem como mentir na arte.

Murilo dá as costas aos quadros e volta a olhar para Felipe. Só agora se lembra de continuar a explicar a questão da tartaruga. Coloca a caixa de papelão sobre a mesa de madeira, mas Felipe interrompe seu gesto no ar pedindo que não abra a embalagem. Se Rodolfo está ali, ele que fique longe de suas verduras.

— Mas tu vai ficar com ele, né? — insiste Murilo.

Não há jeito. Existe uma aparente incompatibilidade irreversível entre tartarugas e agricultores. Felipe não quer nem olhar para Rodolfo para não ficar com pena, depois diz que vai dar a Murilo uns cogumelos como compensação. Murilo resmunga, mas agradece reconhecendo a derrota. Tem se acostumado a derrotas. Caminham juntos até o portão. Felipe coloca as mãos na cintura e mais uma vez olha o céu. Está escuro para o lado sul. O vento sopra do leste.

— Quando ventava assim e eu era criança — Felipe diz, acompanhando o movimento das nuvens com a ponta do nariz —, meu pai sempre perguntava "tu acha que o sol nasce amanhã?"

Murilo olha para o sul.

— Tu chegava a ficar em dúvida?

— Fico até hoje.

Murilo lança um olhar desconfiado para o lado. Era uma piada? Felipe sorri de canto.

— É melhor não tomar as coisas como certas, tu não acha?

Dando-se por vencido mais uma vez, Murilo entra na conversa.

— Até acho. Mas, no caso do sol, ele sempre nasce mesmo.

Felipe fica sério.

— Bom, as pessoas também sempre acordam até que um dia não acordam mais. É o que o meu pai dizia.

Apenas em casa termina de absorver as conversas com o criador de cogumelos. Olha para Rodolfo, que caminha em linha reta na frente do sofá. "Por que ninguém te quer?", pergunta em voz alta. Cinco semanas começam a parecer pouco para se livrar de uma tartaruga. Está pesquisando receitas com cogumelos quando ouve Lídia chamá-lo do corredor. Vai até a porta um pouco confuso. A campainha não funcionou?

— Você não ia atender se eu tocasse.

Deixa que a irmã entre, ele está de bom humor. Lídia atravessa a sala olhando para os lados. Passa a mão pelas janelas e seus dedos voltam limpos. Olha para Murilo com os lábios tortos. Murilo suspeita que aquilo seja um modo desajeitado de sorrir (ela com certeza já perdeu a prática dos sorrisos), mas finge não saber o que comove a irmã, não menciona a faxina que fez no lugar. Pede apenas:

— Lembra de não pisar na tartaruga, ela anda por aí.

— Talvez ela esteja te fazendo bem, no fim das contas.

— Deixei aí na mesa a cópia da chave que tu queria.

Um pouco surpresa, Lídia recolhe a chave e engata a argola de metal entre as suas próprias.

— Obrigada. É só pra emergências mesmo. Você sabe que eu me preocupo.

Só agora Murilo percebe a semelhança incômoda entre Francesca e Lídia: ambas usam o você, como se tivessem nascido sabe-se-lá-onde, no centro do país ou no estrangeiro e depois aprendido português num curso. Na irmã, sabia que era efeito do marido, o panaca do Wilson, vinte anos mais velho, bem-sucedido e metido em ideias de se mudar para Miami ou Brasília. Em Francesca, não fazia ideia da origem, nem dela, muito menos da sua fala.

Murilo vai à cozinha, tem os cogumelos sobre a bancada da pia, e aprendeu que deve escová-los sem água. A irmã vai atrás. Diz que tem uma oportunidade de trabalho para ele. O filho de um colega no fórum está precisando de aulas particulares de redação. Murilo esfrega os cogumelos, estende uma faca para a irmã.

— Pode ir cortando ao meio?

Lídia insiste: o colega do fórum. É um advogado, o pai dele é desembargador, e o filho precisa passar no vestibular para seguir a tradição da família. Podem pagar um preço alto nas aulas particulares. Murilo aponta para a faca que ela segura. Lídia agarra um cogumelo, coloca-o sobre a bancada com o talo para cima, apoia o fio da faca sobre o diâmetro da base e empurra para baixo. Murilo larga a escova e vai à geladeira pegar manteiga.

— Tu sabe que eu não quero mais dar aula.

A irmã se vira na direção dele e ainda tem a faca na mão. Sem querer, faz pose como se o ameaçasse. Sua voz sobe de tom.

— Vai jogar fora anos de faculdade?

Murilo acende a boca do fogão em que está a frigideira. Olha para os cogumelos, ainda inteiros, olha para a faca na mão de Lídia, olha de volta para os cogumelos. Ela sacode a lâmina no ar, porque é um desperdício, porque alguém inteligente como ele não deveria ser só um porteiro, porque os pais estariam muito decepcionados se ainda estivessem vivos.

Murilo levanta uma das mãos na altura da boca de Lídia. Com a outra, apaga a boca do fogão. Agarra firme o pulso da irmã e toma a faca de volta. Olha fundo nos olhos que são iguais aos seus próprios.

— Uma mãe faxineira e um pai feirante e tu diz *só* um porteiro. Eles teriam vergonha de mim ou da filha que defende uns trastes, uns pais que não pagam pensão, mãe que se droga amamentando, tio abusador? De quem eles teriam vergonha?

Lídia puxa o braço e seus lábios tremem enquanto tentam se firmar. Tenta encontrar uma defesa que nunca chega. Corre para a sala e vai embora do apartamento sem nem fechar a porta atrás de si. Murilo cata Rodolfo na sala — estava embaixo de uma das cadeiras —, abriga-o nas mãos, fecha a porta, deixa Rodolfo numa das ilhas da bacia e volta à cozinha para terminar de cortar os cogumelos. Eles serão jogados na manteiga muito quente, pouco tempo na panela, serão salgados só depois de prontos e Murilo os comerá com molho de alho enquanto digita no celular um e-mail para Francesca.

FRANCESCA,
tua tartaruga de novo não foi aceita. Seria bom que tu escolhesse melhor a pessoa que vai ficar com ela. Não tenho tempo pra visitar um exército de gente indo atrás de quem não rejeite uma tartaruga. Sou do tipo que prefere manter distância dos excessos, inclusive os excessos de gente. Não sou bom com pessoas, e essa é uma expressão perfeita. Não sou bom com pessoas porque não tenho muita paciência com elas e não sou bom com pessoas porque, em geral, não estou preocupado com ser bom. Como as coisas da natureza, nem boas nem ruins nem esperam nada. Por exemplo, os urubus: neutros, e, ainda assim, sempre sob suspeita.

A nova moda do guru de Gabbriela durou bastante. Além de se encontrar com o grupo três vezes por semana, ela assistia a discursos do líder espiritual no YouTube. Repetia os ensinamentos como se os tivesse encontrado no seu próprio âmago. Não tinha mais interesse nem nos livros nem nas séries que eles costumavam compartilhar. Mas ainda mantinham o gosto por beberem juntos na sacada nas noites quentes, assim como o sexo ainda existia, e eles não brigavam enquanto Murilo evitasse fazer qualquer comentário sobre o guru. Quando Gabbriela sugeria que ele estudasse, ele apenas se esquivava sem nunca confrontá-la. "Se tu pelo menos tentasse, ia entender", ela dizia quando ele abandonava pela metade algum dos vídeos que ela encaminhava.

No seu novo mundo oculto, Gabbriela se preparava para uma nova ruptura mundial. Não era o apocalipse, de modo algum, mas uma total reorganização dos poderes e dos povos. Murilo não se relacionava com nada daquilo, tampouco se incomodava. Gabbriela sempre tivera seus interesses peculiares. Para ele, dava no mesmo ignorar o novo lançamento da Lady Gaga ou a lição do guru sobre o processo de elevação da mente. No fundo, ele apreciava a curiosidade errática de Gabbriela, sua peregrinação por tão variados produtos culturais.

As coisas começaram a mudar quando ela acabou demitida por se recusar a usar as roupas que a empresa de eventos não chegava a exigir, mas que eram sem dúvida as adequadas para lidar com clientes.

Murilo ficou preocupado, não conseguiria sustentar a casa sozinho. Para ela, esse nervosismo se devia ao apego que Murilo nutria pelos falsos valores das posses materiais. A demissão tinha sido um presente do universo, uma libertação. Gabbriela agora entendia que sua vida anterior estivera inteiramente fundada sobre mentiras.

Para compensar, Murilo pediu alguns plantões a mais na empresa. A prática não era benquista pela chefia porque os porteiros começavam a dormir demais em serviço quando multiplicavam os turnos, mas o gerente de Murilo prometeu lhe fazer esse favor. O cansaço começou a cobrar seu preço em poucas semanas, e ficaram cada vez mais raros os momentos em que o casal tinha tempo para ficar sozinho.

Em agosto, Gabbriela parou de comer fermentados. Ela já tinha deixado de comer camarão, mas como camarões nunca foram uma presença frequente na mesa deles, isso não fizera grande diferença na rotina. Depois do porco, também veio a renúncia à maquiagem, aos destilados fortes e aos noticiários. Os noticiários poluíam a alma.

Na virada para setembro, o anúncio da viagem para Goiás.

— O que tem em Goiás? — perguntou Murilo.

— Uma espécie de retiro.
— Pra sempre?
— Claro que não — ela respondeu. — O mestre não permite que ninguém viva com ele por mais de seis meses. Caso contrário, os discípulos estarão apenas transferindo pra ele o apego que antes tinham pelo mundo material.
— Seis meses?
— No máximo.
— Não consigo ficar seis meses longe de ti.
— Isso é o teu apego falando.
— Eu não entendo, Gabbriela, tu nunca deu a mínima pra essas coisas de espiritualidade.
— As pessoas mudam.
— Tu não pode me abandonar assim.
— Abandonar! Que drama. Às vezes tu parece uma mulherzinha.

Não foi a primeira vez que Gabbriela disse aquilo. Tu parece uma mulherzinha. Tu é mais mulherzinha do que eu. Tu é sensível demais. Suscetível demais. Frágil. Parece que vai quebrar. Murilo engolia a fúria e não respondia. Se respondesse, confirmaria seu caráter suscetível.

Quando sai para o trabalho, Murilo deixa Rodolfo sozinho em casa. Quase sem perceber, não espera na parada de ônibus e vai caminhando até a Ipiranga para depois entrar na perimetral. Olha para o céu em busca dos urubus, gostaria de saber por que eles não vão embora da cidade. Volta os olhos para a rua e enxerga os carros como urubus, à espera da carniça dos pedestres. Chega ao prédio de escritórios mais cedo do que de costume. Deveria ir sempre a pé, assim evitaria o engarrafamento. O porteiro jovem-Cartola também fica feliz com a novidade. O único inconveniente é que, quanto mais cedo chega, com mais gente ele precisa lidar.

Murilo na verdade não se considera ruim com as pessoas, só nunca teve muito tempo para elas. Nos últimos meses, também estava determinado a aprender a viver sem elas, e não podia se permitir luxos nem diversões se quisesse juntar dinheiro suficiente para a passagem a Goiás e para não parecer tão pé-rapado diante de Gabbriela. No fundo, em geral, Murilo não tem nada contra as pessoas, nem mesmo as que saem do prédio do trabalho, e elas às vezes dão motivos. Murilo detesta com dedicação aquelas que, quando o veem, aproveitam para parabenizá-lo pelo trabalho duro, não é nada fácil ficar as doze horas da noite, mas ele é um rapaz sério, e é com trabalho duro que o país vai para a frente. Gostaria que ficassem mudas todas as pessoas que falam dos filhos que, sempre também rapazes sérios como Murilo, viram a noite estudando para entrar na faculdade, porque hoje está muito mais difícil com as bolsas do governo, as cotas e os programas de financiamento, hoje em dia é mais fácil um vileiro entrar na universidade do que um estudante comum. Murilo já foi um vileiro.

Murilo ainda deve mais dinheiro do que consegue guardar em um ano por causa da faculdade. Então ele sorri, e "boa noite, senhor", e tem vontade de mandar os engravatados enviarem seus filhos para a Europa e deixarem os pobres com o privilégio de pelo menos se endividarem em paz. Mas ele não pode protestar, embora isso seja tudo que os engravatados fazem na portaria, protestam contra o avanço dos miseráveis e dizem "tu não acha, colega?" Murilo odeia ser chamado de colega por quem trabalha nas salas com ar-condicionado, mas tem o dever de sorrir, então sorri em silêncio porque se nega a dizer claro, doutor, ao menos esse direito Murilo se reserva, nunca chamará de doutor quem não apareça vestido num jaleco branco. Por isso gosta do trabalho à noite.

Quando dá sorte, em geral às sextas-feiras, todo mundo já foi embora do prédio antes de Murilo chegar, e ele não fala com ninguém até a manhã seguinte, quando o dia começa com a aparição resignada da senhora da faxina às seis horas. Eles trocam cumprimentos cansados e, uma hora mais tarde, se despedem ao final do turno de Murilo. Ele tem os joelhos já dobrados de sono e a senhora ainda não conseguiu endireitar os seus enquanto passa os panos úmidos de desinfetante nas portas dos elevadores.

Aguenta-se acordado até quatro da manhã. As últimas horas são sempre as mais difíceis. Procura por novos jogos no celular, mas não consegue se concentrar. Os olhos fecham sem que Murilo se dê conta, e ele acorda quando a cabeça cai e repuxa os músculos do pescoço. Assusta-se com o próprio corpo. Mesmo que se levante e tente caminhar em vaivém pelo saguão, as imagens de sonho e de vigília se misturam.

    Gabbriela ressurge nas roupas que usou na segunda vez que saíram juntos, quando trocaram o café por cervejas. Sentaram num bar medíocre da Cidade Baixa, um desses lugares onde a decoração foi planejada em detalhes para aparentar nada. Nem mais caro do que os outros, nem abaixo do nível da média, a perfeita falta de personalidade estampada em painéis de madeira e luminárias alaranjadas. Uma aposta segura, julgou Murilo, que não conhecia os gostos de Gabbriela.

    Avançaram na madrugada falando de filmes, de impressões sobre a cidade, de desejos de futuro e, por fim, de si mesmos. Gabbriela o convidou para a casa dela. Os dois passaram a noite juntos, depois a manhã, então saíram para almoçar e voltaram ao apartamento pelo resto da tarde. Murilo nunca estivera tão à vontade com uma mulher. Gabbriela lhe chegava como uma musa terrena, inalcançável e acessível ao mesmo tempo, e, quando ela perguntou se ele queria ficar mais uma noite, ele sequer precisou responder, porque nada nunca tinha sido tão evidente.

Entre os cobertores passou-se o domingo, até que Murilo precisou deixar sua prévia do paraíso para ir ao trabalho. Despediu-se de Gabbriela nua na cama e teve vontade de viver ali, fazer daquela cama o lugar para onde voltar.

Voltar. Abre os olhos e se depara com os monitores onde nunca nada acontece. Voltar. Em cinco semanas. Pela manhã, quando sair do trabalho, vai enfim comprar as passagens de avião às custas de mais dívidas no cartão de crédito, às custas de duas parcelas da máquina de lavar. Nunca esteve em Goiás, mas esteve tantas vezes em Gabbriela que ela faz as vezes de lar. Como o casco de uma tartaruga, um lar em trânsito.

Volta do trabalho exaurido. Dessa vez não consegue dar o jeitinho na fechadura. Não vai suportar se toda vez que chegar em casa for o mesmo drama. Encosta a testa contra a porta pensando se pode se dar ao luxo de pagar um chaveiro, e então ouve uma voz suave que pergunta: "És tu que vais ocupar o apartamento da Francesca?"

Murilo dá meia-volta e se depara com a moça altíssima, os olhos azuis observando-o de cima. "Estás bem?", ela se preocupa. Murilo explica o problema da chave, narra o sucesso anterior e o atual entrave. Ela faz que sim com a cabeça: "Sim, sim, estou ciente da artimanha", diz, "a Francesca sempre tinha preguiça de arrumar."

Ela estende a mão. "Deixe-me tentar", pede, e Murilo obedece. Ela faz os mesmos movimentos que ele, mas, nas suas mãos hábeis, a porta cede e se abre. Ela sorri, dá as boas-vindas ao prédio, conta que mora no apartamento ao lado e pergunta se ele quer passar para uma chávena de café. Apenas então Murilo percebe que ela fala à moda portuguesa. Assim mesmo, ela convidou: queres uma chávena de café? Murilo diz que não pode, tem que organizar a mudança. Quem sabe outra hora, responde à vizinha portuguesa, ciente de que sua resposta sai à moda brasileira: outra hora significa nunca mais.

Ansiedade social: esse tinha sido o diagnóstico de Gabbriela para o comportamento arredio de Murilo. Ela garantia. Tinha lido sobre isso no Instagram de uma psicóloga influencer. Murilo explicava para Gabbriela que não sentia medo de interações sociais, sentia desânimo. A ideia de trocar palavras ocas com quem ele não tinha intimidade lhe parecia um imenso desperdício de vida. Já era assim que ele começava e terminava os turnos de trabalho. Boa noite, doutora. Bom dia, senhor. Sim, a chuva começou de madrugada. Não, ainda não li as notícias. Sim, é sempre uma roubalheira. Não, não tem jeito, só explodindo o Congresso e começando do zero, sim, senhor.

A perspectiva de repetir qualquer dessas frases na vida real bastava para causar nele um cansaço profundo, uma espécie de cansaço existencial. Sentia, às vezes, que vivia no limite das suas energias, e qualquer mínimo esforço imprevisto o levava à exaustão. Ansiedade social, sentenciava Gabbriela, e Murilo tentava sorrir. Argumentava que não havia nele uma gota de ansiedade, mas não confessava o quanto se sentia oprimido pelo tédio, por saber que o tédio era o que Gabbriela mais abominava no mundo. Você não sabe o que é ansiedade, ela concluía depois dos protestos de Murilo. Você é pura ansiedade.

Na solidão, poderia se recompor. Quando encontrasse Gabbriela, depois dos seis meses do seu retiro místico, ele estaria inteiro. Não seria mais o homem carente, não mais o homem que precisava de Gabbriela, mas um homem novo, suficiente de si, um homem que ela desejaria. Se um homem consegue viver sozinho, ele bastará a uma mulher. Já tinha um apartamento que ele podia bancar por conta própria caso Gabbriela não voltasse a trabalhar. Logo se veria livre da tartaruga. Ela só precisaria se reinserir na sua vida.

QUERIDO MURILO,
embora eu entenda a preocupação com os gatos, talvez Rodolfo não sofresse com a morte, é difícil saber. Somos nós os únicos animais que perdem tempo com essas inquietações. Ironicamente, vivemos como se fôssemos durar para sempre. Percebi, ao observar os pacientes terminais, que só mudamos de vida quando podemos medir a proximidade da morte, mas se até o último minuto acreditamos estar a salvo, seguimos na mesma sequência ilógica de atos e podemos mesmo encontrar a morte estacionados no engarrafamento ou no meio de algum ato vergonhoso. Já imaginou morrer com o dedo no nariz? As pessoas te encontram no dia seguinte, o corpo de defunto endurecido, um problema chato para quem precisa te enfiar num caixão fechado a fim de que os enlutados não te vejam lá com o dedo nas melecas. Mas também seria uma obsessão perigosa viver cada momento como o último, como se a morte fosse uma vigia eterna que nunca sai do nosso lado. Estive semana passada com uma senhora chamada Isabel

Fuerte, lá para os lados de Tacna, e ela me deu de presente um pão *wawa*. Foi um pão fora de época porque o *wawa* geralmente aparece, pomposo e enfeitado, para o *día de los muertos*. Assam-no com formato de cavalo, para que transporte os espíritos ao outro lado da vida. Isabel, uma velhinha que doía de tão simpática, me disse que ela estava testando receitas com farinha de milho. Você sabe que nós viemos do milho, não sabe? Isso foi ela quem me perguntou antes de embrulhar o meu *wawa* em papel pardo. Perguntei por que ela estava se preparando com quase um ano de antecedência para a festa dos finados. Isabel puxou umas fotos da gaveta da cozinha: imagens de uma grande festa colorida, carros enrolados em fitas de cetim, mesas repletas de comida, uma mesa à parte reservada apenas para os pães *wawa*. Ali, num dos cantos da toalha, estava um pão menor do que os outros, um pouco torto, pálido. Isabel me disse que ela tinha feito aquele, uma tristeza, uma massa abatumada que não estava à altura do marido. O marido morto, é claro, que ela convida todos os anos à festa para contar das novidades do mundo dos vivos. Ninguém aguenta ficar morto por mais de um ano. Só que, desde que ele se foi, cinco anos atrás, ela perdeu a mão na cozinha. Tudo queima, desanda, não pega liga. Então ela decidiu que esse ano vai ser diferente: a farinha de milho — você vê? — vai salvar o *wawa*. Não sabe como não pensou nisso antes, nós viemos do milho. Depois mostrou a foto do marido, pançudo e sorridente. Pensa que ele ficará feliz?, ela perguntou, e eu disse sim. Essa coisa à qual nós soubemos chamar saudade, outros povos traduzem em gestos suaves. Uma festa colorida. Um cavalo de pão. Seus mortos se mudam para as gavetas da cozinha e não para o passado. São como parentes que moram longe e visitam pouco. Mas há muitas maneiras de morrer, e acho que eu e você agora sofremos do *animu qarkusqa*, a perda de ânimo que não sei se *wawa* algum poderia curar. Mas podemos tentar. Te mando anexa uma receita. É preciso fazer o pão e depois vesti-lo com uma peça de roupa sua. Me diz Isabel que é infalível para curar o *animu qarkusqa*. Começo o meu agora mesmo. É bom ter fé em alguma coisa.

Murilo lê a mensagem de Francesca quando acorda no meio da tarde. Não gosta de pensar na morte, nem como fim nem como travessia. Quem é essa mulher que lhe fala de meninos pescadores e receitas de pão? Já procurou por Francesca Ramos em todas as redes sociais, mas não encontrou alguém que pudesse ser ela. Como alguém faz para desaparecer com tanta perícia? Olha para o teto do quarto e tenta se aproximar da ideia da morte como parte da vida. Não como uma parte que leva a outra parte mais além, apenas como uma parte integrante, uma banalidade, algo como tomar café de ontem achando que era de hoje, como esperar na fila do banco, como pisar numa lajota solta num dia de chuva e molhar as barras da calça, uma parte da vida um pouco irritante, mas cujas marcas desaparecem sem que a gente nem se dê conta. Nos pequenos aborrecimentos do dia existe uma sombra da morte. Um mínimo desgaste e algo interior já morre nas esquinas do mau humor. Quantos Murilos já terão morrido desde que Murilo nasceu? Quantas possibilidades ficaram entre as lajotas das calçadas?

Ele relembra as férias em que puderam viajar, devia ter sete anos, a irmã chateada por se afastar dos amigos do colégio, ele com medo de ir longe demais e não saber voltar. As primeiras férias da família, os pais reluzentes de orgulho, os filhos assustados com o desconhecido. Foram à praia, os pais explicaram que as dunas se moviam, estabeleceram o limite de água no umbigo, esfregaram protetor solar sobre os narizes. Murilo decidiu que seria salva-vidas quando crescesse. Essa vida ficou para trás sem arrependimentos. Lembra-se então de quando não fez o teste para o time de futebol da escola. Lembra-se de quando tinha vergonha de interagir nas reuniões dançantes. Quando não quis experimentar lança-perfume. Quando estava apaixonado por Laura, mas beijou Luísa. Quando estava em dúvida entre Letras e História e escolheu ficar perto dos livros porque a mãe gostava de ler. Quando o pai morreu e, além do estágio, ele teve que pegar o trabalho da portaria depois da faculdade. Quando terminou o namoro com Cibele porque ela tinha um segundo namorado no interior. Quando a mãe morreu e eles ainda nem haviam acabado de pagar o enterro do pai. Quando a irmã melhorou de vida e quis se mudar com ele, mas Murilo negou. Quando não quis a festa e se formou em gabinete. Quando passou no concurso de professor do estado, mas não assumiu. Quando a irmã quis pagar sessões de terapia, mas ele disse que não precisava. Quando Gabbriela e ele alugaram juntos um apartamento e apostaram que tudo ia ficar bem.

    Quanto mais se lembra das escolhas que fez, mais pesa o lado das escolhas que não fez. Ainda observa com calma o teto.

Todos os homens que não foi ainda moram dentro dele, pequeninos, à espreita, e não sabe se eles estão ali para dizer que se pode fazer o que quiser no mundo ou se para lembrá-lo de que ele falhou em muito mais coisas do que conquistou. Tem vontade de se despedir das vidas não acontecidas dentro de si. Passeia os olhos pelo teto. Deseja matar os Murilos que não pôde se tornar mas que ainda vivem dentro dele. Ao mesmo tempo, tem vontade de lhes prestar algum tipo de homenagem por terem resistido até aqui. Carinho e ressentimento nunca tinham coexistido nele até hoje. Desconfia que ressentimento e carinho constituam o perdão.

Levanta-se e vai direto à cozinha. Tem certeza de que há velas em algum lugar. Procura também pela toalhinha de crochê que Gabbriela deixou para trás. Volta ao quarto e reúne todas as fotografias que tem impressas (são poucas). Na mesma caixa de sapato recheada de fotos, encontra suas antigas palhetas de violão, um caderno de receitas, um livro de bolso de poemas e até aquilo — uma velha pulseira de plástico laranja que pensou que nunca mais veria. Leva tudo para o meio da sala. Faz uma fileira de velas. Traz do banheiro a lixeira de metal, ajusta-a sobre o crochê, coloca as coisas ali dentro. Calcula que queimando tão poucos objetos a fumaça não deve chegar ao teto. Rodolfo vai de uma ilha para outra dentro da sua bacia. Está mais perto da rampa. Murilo precisa escolher uma trilha sonora, como vai levar isso adiante? Decide-se por escutar as músicas pop de que Gabbriela gostava e ele odiava, seleciona uma das playlists dela: Sabadão Bons Drink. Tem um plano. Traçou na sua cabeça um ritual particular, um rito de morto-vivo. Volta à cozinha e pega o álcool. Espera a noite chegar. Viverá não apenas como um homem sozinho, mas como um homem sem passado.

Rodolfo caminhou algumas vezes em volta dos objetos espalhados pela sala até o ambiente escurecer. Quando ele volta para a água, Murilo pensa que talvez a tartaruga esteja se protegendo contra a chance de incêndio. Mas Murilo está pronto e decidido. Ele acende as velas. Revira as coisas dentro da lata de lixo para se certificar de que tudo está ali: caderno, livro, fotografias.

Apenas quando joga o fósforo aceso dentro da lixeira, lembra-se de que álcool em gel não é inflamável. O palito aterrissa e naufraga numa papa de gel transparente. Murilo está nu sobre o cobertor estendido no chão, Lady Gaga toca ao fundo, ao lado do cobertor está a jarra cheia d'água. Aproxima um novo fósforo de uma fotografia sem álcool. O fogo começa, se espalha, mas se apaga quando entra em contato com o gel. Murilo se deita. Pretendia buscar imagens na fumaça, como se faz às nuvens, e depois se banhar como nos batismos, mas terá que se contentar com o teto vazio. Do teto do quarto para o teto da sala, o grande caminho da iluminação. Não sabe quanto tempo passa até ouvir a campainha. Outro acontecimento que não esperava para hoje. Enrola o cobertor na cintura e vai até a porta. Pelo olho mágico, vê a vizinha portuguesa. Não quer falar com ninguém. Ela toca a campainha de novo. É uma mulher bonita. Num impulso, abre a porta.

A vizinha fica encabulada assim que o vê. Murilo pede desculpas, não estava esperando visitas. Ela também pede desculpas, não queria incomodar. Precisava apenas da furadeira que uma vez emprestou a Francesca e ela nunca devolveu, então, se ele conferir na área de serviço ou quem sabe na cozinha, vai encontrar com certeza. Murilo lhe dá as costas, vai meio saltitante até a cozinha, tateia às cegas por cima do armarinho capenga e grita lá de dentro que achou mesmo. Quando volta à sala, percebe a cabeça inclinada da mulher, os olhos tentando entender o estranho arranjo que ele tem no chão da sala.

— Eu só ia... — e não pode continuar.

Ela sorri. Espera. Ele se atrapalha, não sabe o que dizer. Está estendendo a furadeira para a mulher, que não a toma, e, distraído, coça a cabeça com a mão que segurava o cobertor na cintura, e ele cai enrolado no chão. A vizinha dá um gritinho de surpresa. Murilo se abaixa. Ela se vira para o outro lado. Ele mantém a mão com a furadeira estendida para cima, como uma estátua da liberdade acocorada. Mas a vizinha ainda está de costas, não o vê. Murilo — não sabe com que ideia na cabeça — permanece agachado, segura uma ponta do cobertor sobre a virilha e tenta sacudir a furadeira no ar. Acaba por esbarrar a mão na bunda da vizinha, que se volta num pulo. Ele fecha os olhos, espalma a mão para cima. Ela agarra a furadeira e sai rápido pelo corredor afora. Murilo espera ouvir os passos dela na escada para abrir os olhos, levantar-se com o cobertor e voltar para dentro de casa dando passos para trás. Rodolfo o observa desde a ilha central do seu arquipélago.

O barulho que as venezianas fazem quando o vento golpeia uma contra a outra acorda Murilo. O breve susto causado pelas pancadas logo se apequena quando confrontado à lembrança do papel ridículo que fizera perante a vizinha portuguesa. Estende o braço ao abajur querendo apagar a lâmpada e, apenas quando a mão chega sobre o interruptor, percebe que a luz não é artificial: já nasceu o dia.

Tem preguiça de se levantar, sabe que precisa limpar a baderna da sala, preparar o almoço, dar um jeito de ocupar a tarde e ir ao trabalho. Sai da cama ainda desnorteado, um pé fica preso ao lençol e puxa toda a roupa de cama para o lado. Murilo se desvencilha dos panos, repara no elástico desbeiçado, a cor desbotada, o tecido quase transparente de tão puído. Puxa os lençóis para fora da cama. Acaba de decidir que também vão para o lixo. Quando voltar de Goiás, compra novos.

Encontra na sala o triste arranjo da noite anterior. Rodolfo está inspecionando os restos, e Murilo percebe que ele levou para dentro da bacia um pedaço de fotografia que agora boia na água. Traz a caixa de sapatos para jogar fora tudo o que colocou dentro da lixeira. Algumas poucas cinzas se formaram entre os papéis. Elas sobem pelo ar, irritam o nariz. Em meio a um ataque de espirros, Murilo percebe ter entre as mãos uma fotografia de si mesmo. Observa-se no retrato, ali seu rosto aparece de perfil, olhando por uma janela. Deve ter sido uma das fotos que Gabbriela tirava sem que ele percebesse. Pelas cores amareladas, devia ser final de tarde, mas Murilo não se lembra do dia exato. Demora o olhar sobre os sapatos que calçava: alpargatas verdes. Não se lembra de jamais ter sido dono de alpargatas verdes. Veste bermudas jeans bem cortadas, com certeza era um dia de folga. Está com os cabelos desgrenhados, do jeito que Gabbriela os deixava depois de amassá-los com as mãos. Não vê nada na janela, não sabe o que esse homem de alpargatas verdes olha na rua.

Ouve batidas na porta. Dessa vez só pode ser a irmã, tem certeza. Segura Rodolfo para evitar acidentes e deixa que Lídia entre sem medir o incômodo que vai ter com suas perguntas. Ela mal entra no apartamento e estaca diante do arremedo de mausoléu.

— O que é isso tudo?

— É um tipo de funeral.

— De quem?

— Meu.

Lídia pausa um segundo.

— Sim, bom, estou vendo que é seu, tá na sua casa. Mas é pra quem?

— Eu mesmo.

— Para de brincar, Murilo. Essas coisas chamam azar.

— É verdade, Lídia. É pra mim.
— Você não morreu, até onde eu vejo.
— Mas é pros outros Murilos. Aqueles que eu não fui.
Ele estende Rodolfo para Lídia. Ela contrai os dedos.

Depois aproxima o rosto do bicho. Toca uma das patinhas e aceita segurá-lo. Murilo recolhe as coisas do chão e vai jogando tudo dentro da caixa. Fecha-a bem apertada, enrolando fita adesiva sobre a tampa. Escreve em cima: poderia ter sido. Lídia desvia o olhar. Afasta uma cadeira da mesa. Parece cansada. Deve estar cansada, se nem leva adiante o assunto dos Murilos mortos. Ele, por sua vez, não entende por que ela continua visitando se nenhum dos dois gosta desses encontros. Ela se senta de lado na cadeira, apoiando o braço no encosto. Deixa Rodolfo sobre o colo. É apenas a irmã, mas hoje aparenta ser a avó de alguém. Assim que Murilo termina de formular a comparação, Lídia pergunta:

— Você lembra de quando a mãe ficou doente?

— Mais ou menos. Ela não nos falava nada. Só lembro mesmo do final.

— Eu contei o tempo da doença dela. Foram nove meses depois de descobrir o câncer.

— Nove meses até morrer. Que ironia.

Lídia sacode a cabeça para cima e para baixo em

movimentos curtos. Olha para Murilo com ansiedade. Parece que vai dizer algo, mas depois baixa as pálpebras e apoia o queixo no braço equilibrado sobre o encosto da cadeira. Seu rosto se tranquiliza. Diz em voz baixa:

— Hoje faz nove meses que o meu marido deveria ter morrido.

Murilo não tinha se dado conta de que Wilson já tinha passado do prazo de validade. Os médicos tinham previsto um máximo de seis meses quando encontraram as metástases do câncer. O meio ano passou, e ele continuou vivo, mas Murilo não percebeu que já faz tanto tempo. Lídia não parece aliviada. Ela ficará ainda algumas horas no apartamento de Murilo, em completo silêncio, de lado na cadeira, o queixo afundado na dobra do cotovelo, até que eles precisem sair de casa para que Murilo vá ao trabalho, e na frente do prédio, ao se despedir, ele ainda perguntará se ela não quer companhia por mais tempo, pois ele não se importaria de entrar tarde na portaria, e ela dirá apenas "não, eu odeio atrasos."

Murilo se apoia sobre a mesa da portaria e se esforça para não se lembrar da irmã. Fechou as portas do prédio mais cedo hoje para não ter que ficar atento à entrada. Se alguém chegar, que bata no vidro. Assim também pode deixar Rodolfo mais à vontade sobre o balcão. O dia de sol se desfez numa noite chuvosa, a temperatura despencou e obriga Murilo a trabalhar com a jaqueta do uniforme, o tecido áspero que ele detesta. A bateria do celular já acabou há muito e ele não consegue ler. Tateia os bolsos atrás de alguma coisa com que se distrair. Encontra uma nota de supermercado, duas balas de morango e o arame do saco de pão que abriu pela manhã. Tenta alguma brincadeira com a tartaruga. Uma caminhada com obstáculos? Mas ela está quieta, encolhida. Deve sofrer do mesmo frio. Murilo agarra o molho de chaves e vai até a frente do prédio. Fica debaixo da marquise, tão estreita que sobre as pontas dos seus sapatos ainda pingam as gotas da chuva. Tenta discernir a lua entre os prédios. Apenas um clarão esbranquiçado mancha as nuvens. Através da chuva, até as luzes da sinaleira perdem os contornos, e esporádicos faróis de carros perfuram a neblina, mas não parecem trazer carros detrás de si.

Observa o movimento da água e não pode mais evitar a lembrança da conversa que teve com a irmã no início da tarde. Ele se atém a cada palavra do diálogo, tenta decifrar algum significado oculto na crueza do anúncio. Ouve de novo a frase ecoar na cabeça, nove meses, e, numa avalanche de pensamentos que se sobrepõem, quase simultâneos, sente a dor da morte da mãe, sente pena da irmã, sente raiva por ela sempre dizer "meu marido" ao invés do maldito nome do marido, se arrepende por um pensamento tão mesquinho em meio a uma tragédia, se compadece de Wilson, o marido, tão ridículo dizer "meu marido" quando ele conhece o sujeito há dez anos, mas não é justo pensar nisso agora, a irmã se encaminhando para a viuvez, Wilson para a morte, aposta que depois que ele morrer a irmã passará a se referir a Wilson como "meu falecido marido" e Murilo já pode antecipar a raiva que sentirá desses momentos futuros, mas agora não deve, não pode pensar nisso, é hora de se solidarizar, de sofrer com a irmã, não pode ser tão mesquinho, é preciso pensar em Lídia, é preciso lamentar a perda de Wilson, o marido.

Nessa noite, não pega no sono. As pernas não param de tremer. Enquanto Rodolfo se resguarda na inação, o corpo dele vibra por inteiro. Fica encolhido atrás do balcão, tem vontade de ligar para Gabbriela. Sabe que o telefone não vai tocar. Ela tampouco responde aos seus e-mails. Pode enviar mensagens que ela levará dias para responder, ocupada demais com seu retiro — mas do que ela se retira? Em breve, ele estará lá e tudo será esclarecido e resolvido. Mas, essa noite, Murilo faz o que pode. Escreve a quem pode.

FRANCESCA,
não acho que pães resolvam o problema da morte. A morte não é parte da vida, é alimento dela. Uns morrem para que outros continuem. Sua tartaruga poderia ter alimentado gatos com sua morte. Vacas e galinhas alimentam homens com sua morte. O capim alimenta as vacas com sua morte. Meu cunhado em breve alimentará vermes com sua morte. Por isso só escrevo sobre urubus: eles não tentam disfarçar o fato de que a vida depende dos mortos.
Os urubus são companheiros da morte. Eles entendem que as coisas precisam acabar: são desprovidos de apego. Onde há morte também há um urubu para reciclar o que ainda tem serventia. Confrontados com a sedução da morte, os urubus a tiram para dançar. Se dependesse de mim, os urubus podiam engolir essa cidade inteira e regurgitar alguma coisa nova, que não teria como ser pior.

Os urubus que moram sob os viadutos fogem da luz do dia. Encolhidos para dentro de suas asas, aninhados em pequenas vigas, os urubus observam os homens e esperam o momento em que terão uma breve chance de ganhar a comida do dia. Os urubus se alimentam de sobras de compaixão. Enquanto aguardam a escassa ração, os urubus buscam desaparecer nas trevas, tarefa facilitada por sua esqualidez, porque, não bastasse a escassez do submundo, não bastasse o frio e não bastasse a doença, os urubus ainda precisam fugir da sanha faminta dos moradores subterrâneos que os perseguem empunhando espetos enferrujados.

A manhã está seca, embora as calçadas ainda guardem vestígios da água. Murilo volta a pé até o Partenon. Avista a vizinha portuguesa se aproximando pela outra ponta da quadra. Calcula o quanto precisaria acelerar o passo para conseguir chegar ao prédio ainda com a possibilidade de fingir que não a viu e entrar sozinho, evitando fosse qual fosse o papo furado que ela puxaria dessa vez. Olhando para baixo, mas buscando o vulto dela na visão periférica, percebe que estão praticamente à mesma distância do edifício e caminham praticamente à mesma velocidade. Murilo teria que disparar quase em corrida para chegar não apenas antes dela, mas suficientemente antes a ponto de que ela não pudesse, num grito, chamá-lo e pedir para segurar a porta. Cogita de fato correr, mas não consegue pensar em nenhum motivo razoável para que saísse correndo. E se a vizinha portuguesa, dali a dois dias, pará-lo no corredor e, com seus verbos bem conjugados, perguntar "por que saíste a correr no outro dia" e emendar, com seus modos importados, "pus-me preocupada de que algo tivesse acontecido", o que ele responderia? Precisa ter uma desculpa pronta para caso essa conversa o encurrale no futuro, e ele não tem nada.

Está cada vez mais perto do prédio, talvez dez metros. Logo não poderá mais evitar o contato visual e, por não conseguir pensar em nenhuma desculpa para correr, Murilo apalpa os bolsos, para de caminhar, apalpa ostensivamente os bolsos, tira a mochila das costas, abre o zíper de todos os bolsos, suspira mais alto do que seria razoável e dá meia-volta. Afasta-se do edifício balançando a cabeça numa negativa que pretende representar algo como "não acredito que esqueci as chaves" ou "não é possível que tenha deixado no trabalho aquele documento importante." Murilo depois vai aperfeiçoar a história, para uso em caso de necessidade. Dá a volta na quadra e, enfim, pode entrar em casa sossegado.

— Posso ir até aí?

Murilo segura o telefone com vontade de desligar. Lídia pede de novo, agora com um fio de voz:

— Posso?

E ele cede. É claro que pode. Passa uma vassoura pelo apartamento, cuida para recolher todas as embalagens de balas de morango, leva o lixo para fora e aguarda a nova enxurrada de seja lá quais críticas a irmã conseguir inventar. Mas, quando ela chega, Murilo abre a porta e a encontra apoiada contra o marco. Ela demora alguns segundos até levantar os olhos e emitir um oi quase inaudível. Avança devagar até a poltrona de couro, os pés tão arrastados que quase tropeça em si mesma. Recolhe Rodolfo, que passeava pelo chão, e o mantém numa espécie de concha feita com as mãos. Tira os sapatos e se encolhe no estofado.

— Você tem cerveja?

Murilo ainda cogita se o pedido pode ser uma armadilha, apenas uma forma de descobrir se ele anda bebendo. Vai à cozinha em marcha a ré, os olhos fixos na irmã em busca de algum movimento que denuncie suas verdadeiras intenções.

Ela mal se move. Não fosse pelo dedo indicador que desenha círculos sobre o braço da poltrona, poderia ser uma criança grande a brincar de estátua. Murilo volta com dois copos cheios. Estende um diante do rosto dela e precisa esperar alguns segundos até que ela perceba e, lenta, muito lenta, erga o braço para tomá-lo. Murilo senta no braço da poltrona. Tem a impressão de que, se for para longe, a irmã pode se esfarelar na sua poltrona. Ela deve ter começado a ensaiar a viuvez.

— O que foi? — ele pergunta depois de se preparar para consolá-la.

Lídia sacode a cabeça. Toma um gole de cerveja enquanto abre para o alto a mão livre.

— O Wilson não morre nunca.

As frases de lamento se embaralham na cabeça de Murilo. Não era isso que ele esperava ouvir. Isso é bom, ele começa a dizer, mas o rosto da irmã não deixa dúvidas de que ela não está totalmente de acordo na questão. Ela assente, ainda assim, claro que é bom. Repete: claro que é bom. E hesita. É bom, exceto pela revolta com o câncer, seus novos modos agressivos, sua recém-inventada mania de culpá-la por tudo que vai mal na vida deles e, agora, até mesmo, na sua morte. Mas tem que ser bom, certo? Ela encara Murilo, seus olhos brilham pela primeira vez desde que chegou. Ela fala como se estivesse em outro lugar.

— Ele quebrou os azulejos do banheiro. Aos socos.

Murilo solta o peso do corpo e quase escorrega do braço da poltrona. Quer sair correndo porta afora e assassinar Wilson, o imbecil marido covarde. Quer quebrar azulejos na cabeça dele.

Jogá-lo para fora da janela do banheiro. Mas o corpo frágil da irmã continua afundado na sua poltrona, e ele apenas estica o pescoço para beijar a cabeça dela. Diz que vai arrumar a cama para ela enquanto ele dormirá no sofá. Lídia se agita entre as almofadas.

— Eu não vou passar a noite aqui.

Não pode abandonar um homem que está morrendo.

QUERIDO MURILO, NÃO SEI.
Suponho que não seja tão ruim que a vida se alimente de vida, assim como os bebês se alimentam das mães e a velhice se alimenta da juventude. Sua mensagem me fez voltar a Cuenca, onde conheci um senhor de idade chamado Luis Alberto Zambrano. Trabalhei por poucos, mas aconchegantes meses no Hogar de Ancianos Girasol. O senhor Zambrano era um velho francamente insuportável, de modos pontiagudos, com voz de tufão e uma insatisfação perene. Gostei dele no minuto em que o conheci. Havia uma enorme resistência naqueles olhos quentes. Conversar com ele era como bater repetidas vezes na quina de uma mesa. Tentei conquistar sua simpatia com doces, já que a dieta do lar era quase desprovida de açúcar, e o contrabando de chocolates era uma prática disseminada entre os moradores. O senhor Zambrano fingia não dar bola, mas pedia que eu lhe trouxesse a cada semana um sabor novo. Não é que ele não tivesse um sabor preferido, pois tinha. Fazia anos, aliás, que o preferido não mudava, eram os merengues mergulhados

em creme de chirimoia. Comia-os no último domingo do mês, quando o neto o visitava e o levava a um passeio em Chilcapamba. Mas em todos os outros dias pedia que eu lhe presenteasse com sobremesas diferentes, misturas com frutas cítricas, azedas ou adstringentes, embora houvesse merengadas de chirimoia perfeitamente deliciosas a poucas quadras do asilo. Eu demorei a entender, mas depois vi ali a sabedoria de evitar o excesso do bom para não enjoar. Mas isso que eu vi não foi porque ele me ensinou. Na verdade, a única vez que me falou com carinho foi quando tive que me despedir, porque eu ia embora então para o Sul. Ele disse: invejo a tua viagem, a mim me restam poucos perigos, nenhuma aventura, mas graças a ti, a cada doce novo que conheci por ti, saboreei o risco de que ele pudesse ser ruim. Eu pedi a outra voluntária que seguisse com a rotina de doces escondidos. Arriscar doces é um medo muito pequeno, só um medinho, mas ainda consegue ser um passeio no desconhecido. E você, Murilo, aceita mais um passeio no desconhecido?

Murilo não faz ideia do que sejam chirimoias e detesta merengues, mas está confiante de que o próximo destino de Rodolfo será sua morada final: Francesca o instruiu a procurar um restaurante no Centro. Murilo guarda Rodolfo numa caixa de dominó que encontrou nas prateleiras altas do armário quando buscava um novo lugar para os lençóis. Jogou as peças no lixo — só tinha gostado de dominó quando era muito criança — e fez furos na tampa para que Rodolfo respirasse. Assim saem de casa. Segundo as indicações no e-mail de Francesca, chegarão a um buffet enorme numa das ruas transversais da Andradas. Basta um ônibus até o Centro, onde as calçadas fervem de calor e gente e cotovelos e vendedores ambulantes e sujeira e camelôs de olhos espichados para o lado de onde vem o carro dos fiscais e homens vestidos em placas a gritar piercing tatuagem compro ouro fábrica de calcinha e aquele sol abrasivo que Porto Alegre derrama em fevereiro sobre seu povo.

Na frente do restaurante, um sujeito magricela finge varrer a calçada para poder terminar um cigarro em paz.

Murilo pergunta pelo chef. O magrinho diz que ele chega mais perto da hora do almoço, ainda nem abriram. Mas, se quiser, Murilo pode entrar e já escolher uma mesa à vontade. Ele senta o mais longe possível da porta, num canto contra a parede. Põe a tartaruga sobre a mesa. Já nem espera nenhum tipo de desorientação no bicho que, Murilo começa a desconfiar, talvez seja mais viajado do que ele. Se fosse Murilo a ser levado pelo mundo dentro de uma caixa e de súbito o largassem sobre um grande tampo de fórmica, sem dúvida desejaria ter às costas um casco protetor no qual pudesse recolher a cabeça. Mas a tartaruga não faz uso da casinha ambulante e se larga a caminhar sem constrangimento nem investigação prévia: vai em frente. Quando se aproxima da borda, Murilo a levanta no ar e a volteia na direção oposta. Ela continua a caminhada. Quando está perto de bater na parede, Murilo a vira para o seu lado. Caminha. Não importa para onde aponte a cabeça da tartaruga, ela dispara — talvez veloz na sua medida — numa linha reta. Incansável, mesmo sem ter a visão panorâmica do percurso, mesmo sem chegar a lugar nenhum. Decidida a seguir, *caminhante, não há caminho*. Uma garçonete se aproxima:

— Simpática a sua tartaruga.
— Obrigado.
— Gostei das cores dela.
— Dele.
— Quê?
— É ele. Se chama Rodolfo.

A moça ergue uma sobrancelha e se afasta. Deixou uma comanda marcada *almoço* no centro da mesa. Rodolfo caminha sobre o papel, indiferente às linhas em tinta preta. *Se faz caminho ao andar.* Murilo grita o pedido: uma cerveja (para ele) e uma água sem gás (para Rodolfo que, nesse calor, já deve estar com sede). Quando a garçonete volta, Murilo está, como sempre, atento ao relógio.

— Sabe a que horas o chef chega?

— Tipo agora. Mas a comida só vai pro buffet às onze e meia.

— Não é isso. É que eu preciso falar com ele. A tartaruga é pra ele.

— Mentira! O Marcos comprou uma tartaruga? Ele gosta de animais? Achei que ele odiava tudo que se mexe.

— Marcos? O chef não se chama Fábio?

Mas Fábio pediu demissão alguns meses atrás. Tinha que fazer uma cirurgia ou algo assim, a garçonete não sabe bem. Ela é chamada de dentro da cozinha e se afasta. Eis um novo fracasso, e Murilo não sabe se está mais decepcionado por não conseguir se livrar de Rodolfo ou por não conseguir descobrir nada sobre a mulher misteriosa que lhe escreve e o faz perambular pela cidade. Faltam quatro semanas. Tira da carteira mais dinheiro do que julga custarem as bebidas. Ajeita as notas sob o peso do saleiro. Devolve Rodolfo à caixa de dominó e a segura firme na mão esquerda. Entre os dedos da outra mão, encaixa a garrafa d'água e a de cerveja. Vai embora antes que o tal Marcos bote o olho em Rodolfo.

No trabalho, escreve para Francesca. Conta que Fábio saiu do restaurante. Conta também da garçonete, de Marcos, até do garçom varrendo a calçada, e se diverte escrevendo. Pergunta quanto tempo faz que ela está viajando. Porque Fábio se demitiu faz tempo. A garçonete se enganou, e Rodolfo acabou tomando água com gás. Ele só percebeu depois. Mas Rodolfo não parece ter se incomodado. Tu gosta de água com gás? Por que tu nunca fala de ti?

Murilo aperta o botão de enviar pouco antes de pegar no sono.

Quando conheceu Gabbriela, Murilo se divertiu mais do que em qualquer outra fase da vida. Todo momento era grávido de potência. Ele se apaixonou pela maneira como ela encostava nas coisas do mundo, como se relacionava com cada objeto e cada elemento de maneira física. Parecia sentir tesão ao andar descalça pela terra, ao espalmar as mãos sobre um caderno, ao se enrolar num cobertor de lã sobre o sofá. A pele que se agarrava à textura de uma garrafa gelada no verão, que se demorava sob o banho quente e que ondulava ao vento, como se toda experiência fosse sensual mesmo que feita de banalidade. Murilo a observava em silêncio e chegava a temer que algum dia ela se misturasse ao mundo e desaparecesse na matéria.

Qualquer pessoa mais atenta teria percebido que Gabbriela estava só de passagem: não havia como manter tanta presença por muito tempo. A presença é um exercício. Apenas Murilo não notou a combustão provisória de Gabbriela, porque ele desejava garantias e permanência. Quando ela adotou as roupas azuis folgadas, já tinha começado a ir embora.

MURILO,
então Fábio mudou de vida! Bom para ele. Fábio me faz lembrar de uma história que ouvi no norte da Argentina. Eu tinha acabado de chegar a Uspallata quando me contaram da brasileira Lorena. Ela chegara ao povoado já uma senhora, mas muitos anos antes, quando ainda vivia às margens do Amazonas, engravidara do boto. Ao menos era isso que ela dizia, claro, pois nunca revelou o nome do pai. Quando a criança nasceu, a primeira coisa que Lorena ensinou ao filho foi a ter medo. Era importante que ele soubesse ter medo. Muito impressionado pelas palavras da mãe, o pequeno Vinícius cresceu lento, como se temesse a multiplicação das células.
Ele se manteve longe das bicicletas, dos brigões da escola, das moças bonitas que partem corações, da área de animais selvagens do zoológico, do mar, do deserto e das montanhas, mas, ainda assim, não pôde evitar que, aos vinte e três anos, um carro o acertasse quando ele atravessava na faixa de pedestres depois de olhar para os dois lados.

Vinícius ficou com a coluna quebrada em três pedaços e passou a estudar tudo que podia sobre as vértebras. Não que houvesse esperança de voltar a caminhar e, mesmo que houvesse, ele teria medo da cirurgia. Mas estudava porque precisava passar o tempo e porque tinha medo de que as vértebras agora meio soltas saíssem do lugar, que algum fragmento de osso viajasse pelo seu corpo até o coração. Estudava curvado na sua cadeira de rodas, comendo pouco e dormindo menos ainda, analisando cada nervo da coluna vertebral. No seu aniversário de vinte e cinco anos, se deparou com um velho atlas escolar, provável resquício dos anos de estudo da mãe.

Descobriu, no capítulo sobre a América do Sul, que os nativos dos Andes consideram a Cordilheira a espinha dorsal do mundo. Vinícius pensou: deve ser forte a espinha dorsal do mundo. Pensou: deve ser boa a espinha dorsal do mundo. Pensou: deve ser imensa a espinha dorsal do mundo. Concluiu: devem sobrar vértebras na espinha dorsal do mundo. E no primeiro ato de coragem da vida, saiu de viagem em direção aos Andes. Teve que escapar da mãe, é claro, e saiu no início da madrugada. Tomou ônibus e trens e táxis para Uspallata. A mãe, que percebeu sua ausência à hora do almoço, saiu no encalço do filho a repetir seus passos com faro de quem deveria ter sido detetive. Quando chegou a Uspallata, não o encontrou, não sentia seu cheiro, não tinha intuição alguma. Indagou aos moradores sobre a passagem do filho. Sim, eles haviam visto um rapaz

numa cadeira de rodas. Mas desde o início da manhã, os arrieiros chegavam ao povoado dizendo que a cadeira estava no sopé da montanha. Como não sabiam de quem era, deixaram lá. A mãe foi até a montanha, mas nem precisou se aproximar para saber que se tratava da cadeira do filho. As rodas vermelhas brilhavam sob o sol andino. Ela ficou em Uspallata até o fim da vida. Esperava. Morreu à espera. Quando tomava café nos bancos da praça, contava sua história aos turistas, que a ajudavam com moedas estrangeiras. Todos ajudavam por pena e todos iam embora com a certeza do filho morto. Mas, até hoje, nos bares pobres da periferia, os velhos arrieiros ainda contam da figura misteriosa que enxergam sempre à distância pelas trilhas da montanha. É infalível, eles juram, ao meio-dia enxergam um vulto de homem alto que caminha muito ereto. Nunca está na mesma trilha que eles, como quem adivinha o caminho que farão e se afasta com antecedência. Caminha firme, a postura muito correta, repetem, e é como se avançasse não para o sol nem para o alto, mas para dentro da montanha. É mesmo um tipo muito alto e muito, muito reto.
Tenho a sensação de que você também é alto. Alguma coisa nas suas palavras me conta que há uma grande distância entre sua cabeça e seus pés. Acertei, Murilo? Você tem a cabeça de um homem alto?
Um beijo,
e segue abaixo um novo endereço para Rodolfo.

Murilo se assusta com o despertador. Embora o relógio aponte que ele passou as últimas sete horas inconsciente, tem a sensação de ter se deitado minutos antes. Levanta-se com dificuldade, como se o cansaço, além de subtrair suas forças, acrescentasse peso às pernas. Arrasta os pés até o banheiro e tenta ajeitar os cabelos no espelho, mas os fios se arrepiam à passagem das mãos. Ainda de cueca, vai até a cozinha.

Ontem, pediu a Lídia que hoje trouxesse à sua casa o antigo terno do pai. Mentiu que precisava dele para um evento. Na verdade, só queria afastá-la de Wilson. Mas agora, parado em frente ao fogão, não se lembra nem de Wilson, nem dos seus socos nos azulejos, nem da sua inépcia para a morte, nem mesmo de Lídia.

Quando a irmã chega, ela pega Rodolfo debaixo da mesa e vai para a cozinha. Encontra Murilo de pé encostado contra o balcão da pia. Imóvel, tem os braços caídos e o olhar fixo sobre as bocas do fogão, como se operar a chaleira configurasse uma imensa impossibilidade. Lídia o repreende por estar sem roupa: estava à espera dela, não? Custava ter se vestido? Murilo nem chega a olhar para a irmã, diz apenas:

— Eu só ia fazer um chá antes.

Lídia afasta uma cadeira da mesa, mas não se senta. Apoia uma das mãos sobre o espaldar e, na outra mão, aninha o pequeno Rodolfo entre as linhas do destino. Só então percebe que nas mãos de Murilo estão um isqueiro apagado e uma caneca.

— Faz um chá pra mim também.

— É que eu não posso — responde Murilo. — Me dei conta de que não tenho chá.

Lídia observa o irmão paralisado e pensa que talvez ele esteja doente. Aproveita para dizer que não encontrou o terno, mas que ela sabe que ele não precisava mesmo. Não adianta tentar mentir entre irmãos. E, se não tem chá, quem sabe tomamos um café? Murilo gira a pedrinha do isqueiro sem parar e fala baixo:

— Eu nunca comprei chá porque não lembro quais a Gabbriela comprava.

Ele finalmente move o corpo e encara Lídia. Espera uma resposta, e ela diz ao se sentar:

— Então você nunca mais vai tomar chá?

— Quando ela voltar.

— Como você é carente, Murilo. E iludido.

Odiava a palavra carente. Antes de odiá-la na boca de Lídia, já a odiara nos lábios de Gabbriela e, antes disso, a odiara nos políticos — sempre interessados na população carente antes das eleições —, nas instituições públicas — onde a população carente paga taxas menores — e nos colegas de aula — os defensores das cotas para os carentes.

Mas foi na boca de Gabbriela que, pela primeira vez, a palavra pulou da esfera social para a sentimental.

— Tu é muito carente — ela disse enquanto caminhavam numa manhã incerta pelas ruas do Petrópolis.

Murilo acabara de sair da portaria, Gabbriela tinha duas horas para ficar com ele antes de entrar no trabalho. Quando combinavam esses encontros esmagados pela rotina, atravessavam a avenida porque as ruas de lá eram mais simpáticas do que as opulentas mansões do lado de cá.

Pediam café em copinhos de papelão numa pequena mercearia e desciam até uma praça em declive, onde tinham por companhia apenas madrugadores donos de cachorros.

— Tu é muito carente — ela disse quase sem contexto,

apenas porque ele insistira para que se sentassem no chão, onde podiam ficar abraçados, e não nos bancos que eram seccionados por barras de ferro para que os mendigos não pudessem se deitar.

Murilo até achou graça, a princípio.

— Só quero aproveitar os melhores minutos do meu dia.

Ela não riu. Sentada com as pernas do lado por causa da saia tubinho, Gabbriela assoprava o copo de café enquanto, com a mão livre, soltava as tiras da sandália de couro. Olhou para ele de um modo que Murilo não soube se era zombaria ou seriedade e disse:

— Tu vai acabar é me sufocando.

O novo endereço fica no Três Figueiras. Pode passar lá a caminho do trabalho, é um desvio de meia dúzia de quadras. Vai pela perimetral, como de costume, até achar a entrada para a praça Japão, e depois um pouco mais. Os edifícios altos são substituídos por casas luxuosas. O atropelo da calçada da avenida é substituído por jardineiros que varrem folhas caídas. Sacos de lixo abarrotados são dispostos nas beiradas da praça, perto de onde os moradores de rua esticaram uns cobertores e agora acariciam seus cachorros. Os jardineiros não parecem se incomodar com os mendigos, e os mendigos não parecem se incomodar com os sacos de lixo. Tudo está no seu lugar. Murilo desde criança tenta entender a invisibilidade dos mendigos. Esse manto cor de concreto que os cobre a todos, transforma-os em rua, em calçada, em tudo que faz parte. Os pobres pertencem à pobreza, não há como demovê-los dali: os pobres são. Eles não olham para Murilo, não o identificam como um dos seus, embora ele esteja muito mais próximo deles do que dos donos dos casarões. Deve estar no mesmo nível dos jardineiros, que o ignoram com igual solenidade.

Demora até encontrar o número da casa. A placa se escondia atrás de duas grandes roseiras. Ao toque da campainha, ouve passos se aproximarem. Um grito: quem é? E ele responde que é amigo de Francesca e procura por Julio. A porta se abre e um menino de rosto delicado semicoberto por uma espessa franja loira o encara. Não deve ter mais de vinte anos. Confirma que é Julio. Murilo lhe mostra Rodolfo dentro da caixa de dominó.

— Posso entrar?

O garoto aumenta a abertura da porta e deixa que Murilo passe. Vem da cozinha o barulho de água da pia.

— Vamos pro meu quarto — diz o menino, e começa a subir a escada para o segundo piso.

Murilo segue, tentando espiar quem está lavando a louça, mas o pescoço não espicha o suficiente. Acompanha o menino até um quarto indistinto, com móveis modulados, paredes claras, cortinas verdes. Poderia ser um quarto de hotel. Julio senta na única cadeira, em frente a uma escrivaninha que não é mais do que uma tábua — mas uma tábua muito elegante — colada à parede. Murilo fica de pé, deita Rodolfo solto sobre a cama.

— Tu é amigo da Francesca, né? Ela disse que tu podia ficar com essa tartaruga enquanto ela viaja.

O garoto tem um cotovelo apoiado sobre a mesa e segura a cabeça com a mão. As sobrancelhas caídas lhe conferem um ar de tristeza irrecuperável. Observa Rodolfo por um instante e depois olha para Murilo.

— Acho que ele já devia ter crescido mais. Tu guarda ele num aquário muito pequeno? Devia conseguir um aquário maior.

Rodolfo já está perto do travesseiro, tem muita facilidade de caminhar sobre o lençol. Centenas de fios egípcios, talvez? Murilo não está nem um pouco interessado nos conselhos do garoto, mas diz que fica feliz que ele entenda tanto do assunto, Rodolfo vai ficar bem cuidado, então. Mas Julio diz que não. Ele nem se move na cadeira, e a má postura típica da juventude dá nos nervos de Murilo. Três minutos daquele jeito e Murilo passaria a noite à base de analgésicos. E como assim, não? Então Julio acomoda a franja atrás da orelha.

— Primeiro que minha mãe ia arremessar o Rodolfo pela janela. Quer dizer, ela ia ficar com nojo e mandar a Sônia arremessar ela pela janela, mas tu entendeu. Segundo que é só questão de tempo pra que eles me internem de novo.

Murilo fica confuso. Pergunta se o garoto está doente, ao que ele responde da maneira vaga com que os adolescentes sabem falar sem dizer nada. Murilo insiste. A viagem para Goiás se aproxima, e essa é a melhor chance que teve até agora. Julio cede. Diz que, para os pais dele, está doente. Acham que ele sofre de problemas psiquiátricos. Que está deprimido e finge que é gay para ser o centro das atenções. A cada tantos meses, enchem o saco de lidar com ele em casa, confiscam suas coisas, suas roupas, e restauram o quarto daquele jeito abominável, na esperança de resetar seu cérebro ou algo do tipo. Mas daqui a pouco eles vão ver de novo que não funcionou e o internarão numa clínica muito bonita e muito branca no interior do Paraná. Ou seja, Rodolfo não tem chance.

A pena que Murilo sente do garoto o impede de continuar insistindo. Agradece pela dica do aquário, mesmo que não pretenda comprar nenhum. Julio pergunta se ele sabe sair sozinho, é só descer a escada e abrir a porta, depois ela se tranca sozinha. Murilo recolhe Rodolfo, que ainda tentava escalar o travesseiro sem sucesso. Abana um tchau para o garoto, mas ele já está de costas, virado para a parede nua. Desce as escadas quase correndo, quer sair dali o quanto antes. Assim que chega ao térreo, vê uma menina tão loira quanto Julio saindo da cozinha.

— Desculpe, não quis te assustar — ele diz, sem perceber o ar blasé da guriazinha que não esboçou o menor tipo de susto.

— Tu deve ser a Sônia?

Ela responde séria:

— A Sônia é a nossa empregada. Que tu quer com ela?

— Não, nada. Eu vim lá de cima, tava com o Julio. Ele é o teu irmão?

"Uhum. Irmão dela. E daí?" Murilo não entende o rumo daquela conversa, não sabe nem por que começou aquela conversa. Avança para a porta e se engana na hora de abrir o trinco: estende a mão que segura Rodolfo, e ele cai no chão. A menina dá um gritinho de pavor, enquanto Murilo se ajoelha e teme que a tartaruga tenha se machucado. Deposita-a na concha da mão e analisa o casco. A irmã de Julio se aproxima.

— Achei que era um sapo.

— Não, é a tartaruga de uma amiga minha e do seu irmão.

— O meu irmão não tem amigos.
— Tu não conhece a Francesca?
Ela se afasta de novo. Seu rosto expressa mais nojo do que a ideia do sapo.
— Conheci uma vez. Ainda bem que sumiu.
Murilo se surpreende. É a primeira vez que vê esse tipo de reação reticente em alguém que se refere a Francesca. Dividido entre a curiosidade e o medo de descobrir algo que prefira não saber, ele se cala. Não é possível deixar de saber o que se soube e, às vezes, mais que uma bênção, a ignorância é a base das relações. Consegue agora abrir a porta e vai embora murmurando que tudo bem, então, é isso aí, desculpe incomodar, tchau tchau. Do lado de fora da casa, enfim relaxa os músculos.

Desde que começaram a conversar, nunca parou para imaginar o rosto de Francesca. Inventava uma nova voz para ela a cada e-mail: no começo, lia suas palavras como se fossem ditas por uma senhora de idade; depois a ouvia como uma jovem dama de tempos antigos; logo passou a escutar uma atriz em monólogo num palco; até que, por fim, chegou à voz definitiva: um tom suave e lento, um pouco empolado, que possivelmente o irritaria ao vivo, mas que soava natural nos e-mails. Agora, porém, gostaria de enxergar seu rosto. Talvez a pele queimada pelo sol, se viajava. Talvez mais velha do que ele, já que preferia e-mails. Talvez solitária, já que nunca mencionava companhias. Pela primeira vez na vida, sente que vislumbra em outra pessoa um segredo que ela tenta esconder. Ainda não sabe dizer o que é, mas está quase lá.

Aperta o passo quando chega na avenida. O sol que bate nas vidraças espelhadas se reflete contra seus olhos. Não entende a arquitetura dos prédios nos quais não se pode abrir as janelas. As torres perfuram o horizonte e cospem gente pelo térreo. Milênios de arte, e ainda há gente que tenta medir a grandeza humana pela quantidade de tijolos que somos capazes de empilhar.

Chega adiantado ao trabalho. Um alegre quase-Cartola lhe dá um abraço empolgado, precisava mesmo sair um pouquinho mais cedo para ter tempo de comer um pão de queijo antes da aula. Nem espera que Murilo troque de roupa e vai embora, faceiro. Murilo olha para a mochila onde carrega o uniforme e a joga para debaixo da mesa. Azar. Hoje, azar. Coloca Rodolfo na gaveta de cima da escrivaninha. Começa no celular dezenas de e-mails que apaga antes de enviar. Termina por dizer apenas: A casa estava à venda. Teu amigo deve ter se mudado. Melhor achar outra pessoa. Só restam duas semanas.

O estresse da tarde o deixou exausto. Deseja boa-noite às pessoas que saem do prédio sem olhar para elas. Nem espera escurecer antes de baixar a cabeça sobre a mesa e fechar os olhos. Cada músculo do corpo lateja levemente, o que ele não sabe se é efeito do cansaço ou do calor. Por dentro das pálpebras fechadas, as imagens dançam sem nitidez, envoltas por um nevoeiro de cor sépia. Uma lembrança ou um sonho que Murilo gostaria que nunca tivesse acontecido.

Quando o último espasmo terminou de contrair o ventre de Gabbriela, ela espalmou as duas mãos contra o peito dele, deixou a cabeça caída, puxou muito ar pelo nariz e, enquanto expirava sonoramente pela boca, levantou os olhos para encará-lo, e esses claros olhos se encheram d'água. Serena em toda a sua tristeza, ela fez linhas de carinho com os dedos que escorreram do peito à cintura dele. Eu não quero mais, disse suave. Os olhos escuros dele também se molharam, mas compreenderam. Era compreensível não querer mais. Murilo tentou sorrir.

 Amortecido, ele a tomou pela mão e a conduziu até a sacada. O ar frio da noite jovem arrepiou os pelos dos dois, ressaltando ainda mais a nudez sem utilidade, dois corpos despidos de gozo, desfeitos de união, quebradiços. Um homem de frente para uma mulher: quis, por uma última vez, tornar-se algo dela, um pedaço qualquer. A passos hesitantes, aproximou-se dela, beijou-lhe a testa e abraçou-a como pôde, com braços enormes sem saber o que agora deveriam buscar nas costas e nos cabelos de Gabbriela.

Abraçados dançaram, devagar, fora de compasso, mas bonitos, e suas figuras pequeninas ganharam moldura na sacada, as curvas em movimento humanizaram o prédio quadrado, o vaivém dos passos suavizou as luzes do trânsito corrido, e os pedestres nas calçadas olharam para cima e deixaram a vida de lado por um instante para observar o casal ensimesmado: a sinuosidade do abraço, a nudez pura, a cadência do sutil balanço; os transeuntes apreciaram a breve perfeição do momento, mesmo que não tenham podido ver que, das peles nuas, o vento secava os últimos traços de suor e de amor.

Acorda do sonho desamparado, com a sensação de abandono renovada, como se alguém pudesse ser abandonado várias vezes em sequência sem nenhum tipo de retorno entre elas. Tira Rodolfo da gaveta, mas a tartaruga não lhe dá atenção dessa vez, nem sequer estica as patas. Só resta a Murilo passar café atrás de café até a hora de ir para casa.

Passa no supermercado a caminho de casa. Quer preparar um café da manhã especial para a tartaruga. Além de alface e repolho, compra cenoura e milho. Já está se entediando na fila quando, atrás dele, uma voz familiar comenta o horror do preço do pimentão, não lhe parece? A vizinha portuguesa espera dele uma resposta, e não lhe ocorre dizer nada melhor que a verdade: não sei, detesto pimentão. Ela não diz nada, fixa seus olhos nos dele e não esboça nenhuma reação, comentário ou protesto. Nada. Passo dias arrotando, ele completa, ao que ela franze a testa e segura o riso. Caixa livre, aponta. Murilo dá dois passos à frente e então se vira de novo para a vizinha, quer lhe oferecer passagem para que ela vá na frente, mas a vizinha já passou ao outro caixa e quem acaba por receber o ato de gentileza é um garotão em roupa de surfista que, desconfiado, finge que não viu e olha para baixo.

    Reencontra a vizinha na saída. Ele se oferece para carregar parte das suas sacolas até o prédio na esperança de se redimir pela outra noite. Ela entrega a mais leve, e Murilo tem a sensação de que o faz constrangida, mais por ele do que por sua própria vontade. Caminham devagar pelo bairro, e quando passam por um amontoado de sacos de lixo, ela comenta, rindo de si mesma, que levou semanas até entender que havia dias diferentes para o lixo orgânico e para o seco. Murilo se anima com a abertura à conversa. Imagino que seja muito mais organizado em Portugal, ele arrisca. Ah, mas eu não sou portuguesa, fui nascida em Moçambique, ela retruca. Murilo se embaralha. Eu não sabia que havia moçambicanos brancos, diz ao mesmo tempo em que se arrepende de dizê-lo. Como pôde ser tão tosco? Perdão, pede, como quem tenta diminuir a importância da gafe ao expô-la ao seu ridículo. A vizinha não mais portuguesa nem se abala. Tudo bem, escuto isso muito muito. Continuam em silêncio pelo resto do caminho. Ela abre a porta do prédio, ele passa primeiro e a segura para que ela avance. Sobem as escadas com passos sincronizados. Ele pergunta o nome dela. Kimani. Murilo acha bonito, mais bonito do que o dele. Os dois se despedem na frente das suas portas. A vizinha não mais portuguesa já entrou em casa, e Murilo volta a ter dificuldade com a fechadura. Quando enfim consegue abrir a porta, vê uma bagunça de objetos que não são seus. Sapatos e roupas cobrem o chão e duas mochilas próximas à janela ocupam o lugar que antes era da poltrona. A poltrona fora empurrada para trás da mesa, mas os culpados pelo desvio ao menos se deram o trabalho de transportar a bacia de Rodolfo para cima da mochila menor, que agora amanhece sob os parcos raios de sol que começam a entrar pela janela. Demora até notar, sobre o sofá, dois corpos estirados, um braço caído para fora das almofadas como se tentasse escapar do dono. De bruços, os dois homens dormem imóveis, um levemente sobre o outro, as pernas magras dobradas em idêntico ângulo, os cabelos escuros a se misturarem sobre o mesmo travesseiro. Um homem duplicado, pensa Murilo, enquanto aceita a obviedade de que os seus intrusos não são ladrões, enquanto considera até que talvez seja ele quem invade a própria casa, a atrapalhar o sono daquela gente.

Murilo toca o braço que foge do sofá. Nada. Espeta o dedo indicador nas costas do homem. Nada. Segura o ombro nu e sacode de leve. O homem se vira na direção de Murilo, esconde o rosto com a mão, tenta espanar o sono para longe. Termina um bocejo, baixa o braço e abre bastante uns grandes olhos cor de azeitona.

Murilo ainda está impressionado com a cor dos olhos do intruso enquanto ele leva a xícara de café à boca e pede desculpas pela surpresa. Eu não sabia que Francesca havia passado adiante o apartamento, ele diz. "Mas até que é engraçado, não crês?" E então, de repente, se constrange — ou finge se constranger? — e completa que "bem, não tanto pra ti, que pode ter se assustado." E pede desculpas mais uma vez.

Murilo já aceitou as desculpas e as aceita de novo. Agora espera o momento em que o inesperado casal de viajantes colombianos vai recolher suas coisas, largar as xícaras na pia e sair da sua casa. Ainda mantém Rodolfo dentro da caixa, na mochila, desconfiado do que a dupla poderia fazer com uma tartaruga ou pensar dela. O outro — aquele é Jorge, este é Camilo — está afofando as almofadas sobre o sofá, deixou seu café sobre uma cadeira, e não falou nada desde que foi acordado e solicitado a se vestir.

Os dois são observados com cuidado por Murilo. Ele já percebeu como Jorge se sente à vontade, provavelmente por ter um corpo que poderia vender cuecas em outdoors. Demorou para se vestir e colocou antes a camiseta, sem se importar com o pau balançando na frente de um estranho. Camilo é mais reservado: assim que foi sacudido por Murilo, escondeu-se com uma camisa de flanela. Depois vestiu os jeans e encolheu a barriga antes de se apresentar, estendendo a mão, como se estivesse sempre pronto para cumprir qualquer formalidade social, e então arregalou os olhos de azeitona.

As xícaras se completam com mais um pouco de café. Murilo não quer prolongar a situação, porém se incomoda mais com o silêncio do que com a conversa desconjuntada. Pergunta o que vieram fazer na cidade. Jorge agora está de pé contra a porta, não reage. Camilo é quem responde: estamos terminando uma longa viagem. Jorge tem um voo à Colômbia hoje de noite, mas eu quero morar aqui, preciso encontrar uma casa. Murilo acha aquilo muito estranho. "Decidiu morar logo nessa cidade?", pergunta. "Sim", Camilo diz, "aqui se parece com Cali, com a vantagem de não ter os meus parentes."

É a partir daí que se inicia uma estranha cadeia de acontecimentos que começa com o pedido de Camilo para deixar ali sua mochila enquanto acompanha Jorge ao aeroporto, prossegue por uma demora de mais cinco horas durante as quais Murilo julga ter sido mais uma vez enganado, desenrola-se com a volta de Camilo tarde da noite, tão tarde que pede para ficar ali até o dia seguinte e culmina, Murilo não sabe como, num acordo, temporário, naturalmente, de que Camilo ficaria dormindo na sala, pagando uma pequena taxa, naturalmente, até encontrar um lugar para morar e só até então, naturalmente.

FRANCESCA,
Me explica, quem são Camilo e Jorge? Como tu acha que me senti com a invasão da minha casa? Quem mais ainda vou encontrar por aqui? Teus primos, tuas amigas de colégio, credores, ex-namorados? Enfim, da onde saiu Camilo e o que vou fazer com ele? Não acha que deveria ter me avisado que outras pessoas tinham a tua chave?
Francamente.
MURILO

Todos os dias, Camilo passa café e enche a térmica. Quando acorda, Murilo encontra uma caneca sobre a mesa, um prato com talheres e o açucareiro ao lado. O invasor tenta conquistá-lo com gentilezas. O invasor, aliás, nunca está em casa quando Murilo sai da cama. Não importa a hora que ele se levante, Camilo já saiu, como se frequentasse a casa apenas para passar café e mudar a posição dos lençóis sobre o sofá.

Enche uma caneca grande, sem açúcar, e lê os e-mails no celular. À mensagem ressentida que ele enviou, Francesca respondeu pela primeira vez com apenas uma linha.

Você não pensou em trocar a fechadura?

Essa frase sozinha trazia escondidas as perguntas evidentes que ele quis ignorar, as afirmações óbvias que eram a verdadeira causa da sua raiva. Apenas um idiota se muda para um apartamento desconhecido e mantém as chaves velhas. Apenas um trouxa se sente obrigado a aceitar a invasão da própria casa. Agora é tarde: ele não pode expulsar Camilo, nem vê mais sentido em trocar a fechadura a essa altura. Vai apenas conviver com o morador fantasma e aproveitar as xícaras de café.

É uma quinta-feira quando a rotina se quebra. Murilo acorda no início da tarde e cambaleia até a cozinha. Estica a mão até a mesa, e seus dedos agarram apenas ar: a caneca não está lá. A surpresa termina de acordá-lo e, esfregando os olhos, espia pela porta que dá para a sala. Identifica o desenho do corpo de Camilo sob o lençol. Estará morto? Não sabe por que o imagina morto ao invés de doente ou apenas com sono, mas a primeira coisa que se pergunta é se seria possível que um estranho morresse na sua casa. Camilo estaria tão fora de lugar se estivesse morto. Murilo decide que não pode estar morto. Desiste do café e toma banho. Tem que ir ao supermercado, mas não consegue sair de casa. Nunca saiu de casa deixando Camilo sozinho. Ele sabe que Camilo tem as chaves, que pode entrar a hora que bem entender, que vai lá quando ele não está, mas não consegue seguir adiante de modo tão consciente. Sair agora seria declarar confiança em Camilo, e não pode ainda se deixar tão confortável. Senta na poltrona e aguarda, pelas duas horas seguintes, que os olhos de azeitona voltem a se abrir.

Camilo não se assusta com a vigilância do seu sono. Apenas pede desculpas por não ter feito o café mais cedo, teve uma crise de insônia, tomou uma garrafa de vinho, acordou com dor de cabeça e voltou a dormir. Agora se sente melhor, vai preparar um suco. Para os dois, é claro. Não precisam de nada do mercado, ele mesmo foi ontem, abasteceu os armários. Murilo não entende a naturalidade com que aquele homem se movimenta na sua casa e, ainda por cima, na sua frente. Camilo jamais perguntou qual era a gaveta das colheres nem onde estavam os trapos de limpeza e muito menos o lugar dos filtros de café. Mas ele sabia. Teria revirado a casa na sua ausência? O resultado não era ruim. O chão andava mais limpo, até o ar parecia mais fresco, como se Camilo tivesse espanado dos móveis uma película de aridez. Murilo podia se acostumar com isso. Depois de ter morado com Gabbriela, podia se acostumar com tudo.

Amava Gabbriela, mas seu efeito sobre as coisas era devastador. Murilo odiava as toalhas sujas pelo rímel dela, os cantinhos de todas, todas as toalhas da casa para sempre manchados, e ela a dar de ombros, como dava de ombros à maioria das coisas dele. Perdeu uma dúzia de camisetas enquanto morava com Gabbriela. Não sabe por qual feitiço elas saíam da máquina de lavar mais encardidas do que quando entravam. Os cobertores ficavam com os cantos puídos. Nas fronhas, abriam-se as costuras. Das meias, alargavam-se os elásticos, e ele poderia jurar que até mesmo as solas dos seus sapatos se tinham gastado mais quando andava ao lado dela.

Até aqui, gosta do novo modelo de moradia. Está até economizando mais dinheiro, o que não significa que agora tenha o suficiente para a vida que gostaria de levar. O lembrete de que não tem ainda nem o necessário está na sua mão na forma da fatura do cartão de crédito, no qual estão as parcelas da máquina de lavar cujos juros se acumulam de maneira obscena. Camilo vem da cozinha com dois copos de suco e vê que Murilo, sentado na poltrona, analisa a conta de fevereiro, amassa o papel e joga-o na cesta do lixo seco. "Não é nada", responde quando Camilo questiona. "Eu sei que é a fatura do teu cartão", ele repica, "a pergunta é por que a raiva". Murilo o encara com ar de obviedade. "Porque eu não posso pagar. Porque não importa o quanto guarde vivendo uma vida de merda, não sobra dinheiro pra uma viagenzinha e uma máquina de lavar, tem que ser uma coisa ou outra." Camilo baixa os olhos. Permanece num silêncio que espera. Monitora os movimentos de Murilo até que ele pare de sacudir a perna nervosa e se jogue para trás, descansando contra o encosto da poltrona. É a hora de Camilo oferecer: eu posso pagar. A frase pega Murilo desprevenido. Um sorriso incrédulo, talvez irônico, é sua primeira resposta, seguida da afirmação que Camilo parece ter esquecido:

— Tu não tem nem emprego.

— Não, mas eu tenho dinheiro.

Sem saber ao certo a que se refere a incompreensão de Murilo, Camilo continua:

— Estou procurando um emprego pra ter o que fazer, não pra ter dinheiro.

Murilo parece ainda mais confuso. A ideia de trabalhar por vontade própria lhe é tão alienígena quanto seria, para um senhor feudal, a ideia de casar por amor. Ao mesmo tempo, quer saber de onde Camilo tem dinheiro e, se o tem, o que faz ainda na sua casa. Seu silêncio comporta todas essas perguntas, pois Camilo começa a explicar, mesmo sem ter sido solicitado, que não queria alugar um apartamento desde já porque não sabia quanto tempo ficaria, que iria embora caso não encontrasse um trabalho, um trabalho que ele busca para ocupar o tempo, mas, sobretudo, para se sentir útil, porque, embora não seja milionário, tem uma boa poupança. Murilo olha para o cesto de lixo. Olha para Camilo.

— Tu pode achar um passatempo melhor do que um emprego.

— Não se trata de passar o tempo. Eu quero achar um propósito.

Camilo entrega um dos copos a Murilo. Recolhe os dois pedaços da fatura do cartão. Propõe um brinde no ar. Murilo não retribui, seu rosto sério parece contrariado. Camilo termina de tomar seu suco ainda de pé, à sua frente.

— Não é nenhum favor. É que eu me recuso a esfregar minhas lindas roupas num tanque.

ORA, MURILO,

suas preocupações tolas com Camilo me trazem à memória as histórias que ouvi numa cidade de construções brancas do sul colombiano. Nas periferias de Popayán, dizem que perambulava pelas ruas um senhor curvado, maledicente, malcheiroso e um pouco verde, que tateava os interiores dos bueiros e os gramados dos terrenos baldios e roubava dos transeuntes pedaços de papel. Me disse o dono da tabacaria que aquele era Giordano, que um dia fora pai de Lisandro. O dono da tabacaria tinha conhecido Lisandro: um jovenzinho muito peculiar, um pouco atrapalhado, silencioso. Adolescente, ele ia à tabacaria e comprava papéis de seda dizendo que era para desenhar. Me disse o dono da tabacaria que nunca acreditou, já versado nos aparatos dos mais novos para fumar maconha. Lisandro ficou com fama de drogado pelo bairro, o que na época ainda era malvisto, ninguém gostava de quem sustentasse o narcotráfico nos tempos de cartel de Medellín. Porque faz tempo, essa história que te conto, faz tempo. Já fazia tempo até para o dono da tabacaria.

Os olhares tortos que seguiam Lisandro pelos caminhos de terra seca encolhiam o menino. Perdeu amigos. Perdeu o respeito dos professores. Brigou com a família e mantinha a história do sonho de ser artista. Uns seis meses adentro dessa lenga-lenga de fofoca e cochichos na porta da tabacaria, Lisandro apareceu enforcado na árvore do quintal de casa. O pai se arrasou e culpou as drogas. Mas resulta que, quando foi limpar o quarto do filho, encontrou centenas ou milhares de papeizinhos colados às paredes, cobertos de traços e riscos que, organizados num grande mosaico, pareciam compor uma única obra. Mas ventava, e a criação de Lisandro começou a se desprender do casebre e ganhar o ar. Contam que Giordano saiu de casa com os braços para cima, a boca escancarada, juntando maços de papelotes nos punhos fechados. Depois disso, enlouqueceu. Passou a vida buscando os restos da obra do filho, nos bueiros, nos buracos, nas quinas dos prédios. Não sei se o velho continua vivo. Quando fui embora, ainda o vi, e ele tinha uns olhos desesperados e as juntas dos dedos enormes, as maiores que já vi. Deve ter forçado muito as mãos nesses anos todos. Nunca me disse nada, mas me encarava triste, destituído. Exalava um abandono estridente, agudo como um serrote.

À história de Lisandro se seguia um endereço na Cruzeiro. Camilo vai junto na empreitada, embora não tenha sido convidado, mas ele teima em demonstrar seu talento para a intromissão. O ônibus se embrenha pela vila em curvas fechadas e ruas esburacadas. Eles descem numa esquina que, mesmo no meio da tarde, é mal iluminada e poeirenta. Caminham ainda dez minutos até encontrar a casinha de tábuas com a porta pintada de laranja. Na frente, um cavalo mastiga nacos de capim, de costas para a carroça que ele deve passar o dia arrastando pela cidade. Murilo bate palmas.

Uma mulher mais alta do que eles aparece emoldurada pelos marcos da porta. Camilo diz que procuram por Dulce. Ela coloca as duas mãos na cintura. Caminha firme até o portão e espera que algum dos homens diga alguma coisa. Murilo busca Rodolfo dentro da sacola de pano. É com ele equilibrado sobre a palma da mão que diz:

— A Francesca pediu que tu ficasse com ele.

Dulce cruza os braços. Tem as unhas laranja como a porta da casa.

Murilo estica o braço para a frente.

— Não guardo coisa de gente morta.

— A Francesca não tá morta.

— É só questão de tempo.

Murilo cogita dizer que, por essa lógica, todas as coisas no mundo um dia serão coisas de gente morta, mas Dulce já está dentro de casa fechando a porta com um empurrão. Ele busca no rosto de Camilo alguma reação, mas o encontra distraído fuçando debaixo das unhas com um graveto.

— Camilo — quase grita para chamar o outro —, tu acha que a gente tenta de novo?

Ele nem levanta o rosto. Murilo dá-lhe as costas e começa a caminhar pela ruela por onde tinham ido. Como se de repente lembrasse de algo, ergue o tom de voz:

— Tu deveria ficar com o Rodolfo.

— Nem pensar — Camilo diz de imediato. Agora levanta os olhos, parece refletir um pouco. — Eu sou alérgico.

— Não existe alergia a tartaruga.

— Muito bem. Na verdade, eu sou alérgico a dependentes. Nem sei onde vou morar. Se daqui a um mês me mudo à Argentina ou à Colômbia ou ao Recife, não posso levá-lo comigo.

Os dois caminham cabisbaixos. Rodolfo segue equilibrado na palma da mão de Murilo e ensaia passinhos entre o pulso e as falanges. *Caminante, no hay camino*. Murilo está um pouco agoniado com a falta de solução das coisas, mas supõe ser possível haver naquelas andanças algum tipo de destino. *Se hace camino al andar*. Apenas duas quadras adiante, Murilo interrompe o passo e toca o ombro de Camilo. Aponta para uma estreita passagem sem calçamento entre duas fileiras de casas.

— Vamos por aqui. Cortamos caminho até o ônibus.

— Tens certeza?

— Eu morava aqui perto.

Camilo vira o corpo inteiro para Murilo.

— Logo tu? Mas aqui é tão... — sua voz se dilui no ar.

— Pobre?

— Brasileiro, eu ia dizer. Mas pobre também.

Murilo, que se meteu entre as casas com desenvoltura, já está três passos à frente, e Camilo dá uma rápida corridinha para alcançá-lo. Vistos de costas, eles se assemelham: têm a mesma altura, a mesma largura de ombros, e parecem magros, pois o cocuruto da barriga de Camilo não se espalha para os quadris. Não fosse o cabelo crespo de Murilo balançando ao vento, enquanto os fios castanhos de Camilo, cortados com estilo, se mantêm estáveis, seria possível confundi-los. Até mesmo seus passos, pouco a pouco, entram em sincronia e, de longe, quando já não é possível discernir bem as cores das camisetas, são eles que agora parecem um homem duplicado. Apenas antes de virarem à esquerda ao final da passagem, Murilo tem a dúvida:

— Como assim, brasileiro?

Quando estão de volta ao Partenon, escolhem um boteco com mesas na calçada para resolver com cerveja a frustração de não ter passado Rodolfo adiante. Sentam-se no bar chamado Reunião porque Camilo gostou da piada. Murilo põe Rodolfo sobre a mesa e observa-o, sem surpresa, caminhar em frente. Mal acabam de pedir a primeira quando Lídia aparece na esquina. Ela nem olha para os lados e, não fosse Murilo chamar seu nome, teria passado por eles sem perceber. Eu estava indo pra sua casa, ela diz com surpresa, e Murilo por um segundo se pergunta se ela havia agora descoberto que ia à casa dele, ou agora descoberto que ele também existia fora do apartamento.

Camilo puxa uma cadeira da mesa vizinha e a convida a ficar. Lídia hesita, busca no irmão algum tipo de autorização e ele sinaliza com a cabeça que ela se sente. Um terceiro copo pousa sobre a mesa como num passe de mágica: apenas um braço se intrometeu entre as três cabeças tão rápido que eles nem saberiam dizer qual foi o garçom atento. Pequenas poças d'água já começam a se formar pela mesa e Rodolfo aproveita para migrar entre um oásis e outro. Camilo serve Lídia sem perguntar. Ela levanta o copo num brinde tímido, mas antes de que os vidros se encontrem, Murilo pergunta por Wilson. Ela recolhe o braço. "Você sabe", diz. "Na mesma."

Uma sutil agressividade tinge as palavras dos irmãos. Até agora nenhum deles superou as últimas vezes que se viram. Na noite em que soube de Wilson e na tarde em que falara de Gabbriela, Murilo tinha feito o melhor que podia. Engolira a raiva, tentara convencer a irmã a ficar na sua casa, era óbvio que ela precisava deixar Wilson. Mas ela não conseguia, ou melhor, não podia, nas palavras dela. E o que Lídia dizia ser um dever do casamento, Murilo enxergava como uma incapacidade de preservação, como uma fraqueza de caráter.

Camilo tenta interferir para amainar os ânimos. Ainda nem se conheciam, não é? Ela de súbito se apruma na cadeira e estende a mão adotando uma voz profissional que se anuncia prazer, Lídia Paredes. Camilo ri, sim, claro, já sabe quem ela é. Está muito agradecido ao irmão dela pela estadia. Lídia acena com a cabeça, toma pequenos goles de cerveja e tenta trocar o foco da conversa para a vida de Camilo. Sim, ele está procurando emprego. É, não está fácil. Se não aparecer nada, vai se mudar para outro lugar. Lídia ouve com a cara vidrada no celular. De vez em quando faz sinais de incentivo para que Camilo continue a falar, mas não comenta nada. Ele está no meio do relato da viagem que fez antes de chegar a Porto Alegre quando Lídia se levanta, agarra a bolsa e o interrompe porque precisa ir embora.

Deixa sobre a mesa dinheiro suficiente para pagar mais de três cervejas e se afasta num passo rápido, mas com os braços cruzados sobre o peito, o que lhe confere um ar desajeitado de bicho de zoológico, como um macaco tropical passando frio na Rússia. Camilo, que não entendeu nada daquela visita, tenta fazer alguma observação razoável.

— Tua irmã parece estar sofrendo muito, não é?

— Isso é mais aparência do que qualquer coisa. Aliás, tudo na vida dela tem sido mais aparência.

— Tu achas? Não sei. É raro, mas às vezes as coisas são o que anunciam ser.

Francesca,
não sei dizer. Os urubus sempre me atraíram. Os párias dos pássaros. Ninguém gosta de urubus, embora eles sejam ótimos faxineiros. Melhor ter as carniças devoradas do que apodrecendo nos terraços dos prédios, não é? Mas, assim como acontece com os faxineiros, as pessoas preferem que eles façam o serviço sem nunca aparecer. Era assim que minha mãe me ensinava quando não tinha com quem me deixar de tarde e precisava me levar para as casas que limpava. Minha única tarefa era ser invisível. E eu era.

Muitos planos na sua vida tinham fracassado, mas nenhum de modo tão retumbante quanto seu plano de afastar pessoas e organizar a vida. Não sabe mais como se livrar de Camilo, da tartaruga, da irmã. E ainda há Kimani. Parte dele quer mantê-la longe, mas parte se deixa seduzir pela beleza e a simpatia injustificada da vizinha. Era algo que Gabbriela tinha, no começo, um sorriso feito abertura. O oposto dele.

Poderia bater na porta de Kimani a qualquer momento. Se o acordo de Gabbriela ainda estava vigente, ele não devia exclusividade a ninguém. Tinha escolhido a solidão, mas não tinha calculado a falta que lhe faria o sexo. Poderia ter algo casual com Kimani, algo passageiro que ele faria questão de terminar antes de ir a Goiás.

Percebeu o modo como ela ficou sem jeito da última vez que se viram, no supermercado. Sabe que a timidez pode ser sinal de interesse, pois sempre foi assim com ele próprio. Se Kimani, sempre tão desenvolta, de repente se desconcertou, é possível que abra a porta para ele; dessa vez, a da própria casa.

Sempre ouve quando a porta do apartamento ao lado se abre e se fecha, basta estar a postos para sair casualmente no mesmo momento e começar a conversa. Não tarda a ouvir passos no corredor e o ruído das chaves: Kimani está chegando. Desamassa um pouco a camiseta, ajeita os ombros para trás.

Ao vê-la, finge uma surpresa afetada, "opa", e um braço apoiado contra a parede, numa pose de quem não está de passagem, "tu por aqui", como se a encontrasse do outro lado do país.

— Curioso — ela diz —, eu sempre ouço quando estás a chegar ou a sair.

Ele finge que não ouviu.

Não quer repetir com Kimani o mesmo erro que cometeu com Gabbriela. "Achei que eu ia ter que te convidar", ela dissera. Claro, Kimani o diria na sua própria gramática, mas ele reconheceria o mesmo olhar. Decide que não será mais um homem que espera, demora e decepciona.

O problema é que não pensou no que dizer. Nunca conversaram o bastante para saber do que ela gosta. O único lugar que consegue pensar em levá-la é ao Reunião, mas o bar é o antônimo de romance. Não conhece mais outros lugares, não os frequenta há anos. Pergunta se ela gosta de tomar coisas.

Nem teria sido necessária a careta de Kimani para Murilo perceber como a pergunta tinha saído. Tenta consertar. Explica que ele se referia a tomar coisas de noite, por exemplo, cervejas ou drinques ou, bom, ele se lembra de como as compras dela no supermercado eram naturais, não precisaria ser alcóolico, também poderia ser um suco. Kimani ainda não desfaz a expressão de incompreensão, mas ergue a mão para coçar o queixo. Murilo então percebe o anel.

— Desculpe. Mil desculpas, eu não vi que tu era casada.

Kimani olha para o próprio dedo. Abraça a aliança com a outra mão. Olha para Murilo de novo. Ele dá dois passos para trás.

— Se eu soubesse, nunca teria...

Kimani enfim relaxa o rosto.

— Ah, era isso que estávamos fazendo?

Ele não consegue responder.

— Não me tinha dado conta.

— Claro — tenta dizer Murilo —, tu nem deve pensar em...

— Mas fico lisonjeada.

— Eu nunca vi o teu marido.

— Está em Moçambique.

Murilo se dá conta de que não sabe nada sobre a vizinha. O que ela está fazendo nessa ponta do Brasil, como e por que está ali, se veio para ficar. Um pouco constrangido, não apenas pelo flerte naufragado, mas agora também pela percepção da sua prévia falta de curiosidade, ele ensaia um novo pedido de desculpas que ela interrompe:

— É melhor eu já entrar que o dia está a correr.

Ela mantém o sorriso suave de mulher imperturbável. Some para dentro de casa, na velocidade de uma brisa. Murilo ainda precisará de alguns segundos para se recompor, vai brigar com a chave mais uma vez e voltará para a companhia de Rodolfo, que nunca o rechaçou.

Murilo e Camilo avistam ao mesmo tempo o mímico perto do chafariz da Redenção, exatamente onde Francesca disse que ele estaria. Ele copia os movimentos de uma senhora que atravessa o parque carregando sacolas de supermercado. O mímico a segue por uma dezena de passos até ela perceber sua presença e se virar para encará-lo. O mímico está coberto de roupas pretas, exceto pelas luvas brancas e o rosto escondido atrás de uma camada grossa de maquiagem. A mulher não demora a passar do susto para o riso. O mímico reproduz suas reações: leva as mãos ao peito num passo para trás, depois coloca as mãos sobre a boca e então se permite um sorriso largo. A mulher balança o corpo para um lado, dá um pulinho, ergue o braço esquerdo, e o mímico imita seus movimentos. Quando ela começa a se afastar, o mímico deixa de ser espelho e gesticula no ar. Faz sinal de dinheiro esfregando o dedo indicador no polegar, depois sinal de reza com as mãos unidas e, por fim, se ajoelha. A mulher já não sorri tanto, mas mesmo assim enfia a mão no bolso do casaco e tira de lá alguma coisa que entrega ao mímico. O homem agradece com reverências exageradas e se afasta.

Os dois se aproximam com os olhos fixos no mímico, mas ele não dá atenção. Murilo grita o nome Pepe, o que só serve para afastá-lo ainda mais. À beira do chafariz, o mímico sobe na mureta de pedras. Como uma garça de perfil, estica o corpo inteiro, deixando um braço erguido e o outro a serpentear para trás. Fica de costas para o arco de entrada do parque, de frente para a fonte de água. De onde estão, Camilo e Murilo veem o corpo do mímico alinhado aos jatos de água do chafariz, como se o homem nascesse da fonte ou a gerasse. Murilo teme que ele se enfureça caso interrompa a quase dança, mas vai na sua direção e grita outra vez: Pepe! O mímico dá meia-volta e posiciona as mãos sob o queixo.

Murilo se apresenta, faz o habitual discurso sobre as necessidades de Rodolfo. Pergunta se já pode deixá-lo ali mesmo. Pepe pressiona o dedão e o indicador sobre os lábios, franze as sobrancelhas em expressão de dúvida. Leva a mão para perto do ouvido, como se não conseguisse escutar o que Murilo fala. Por fim, levanta os braços dobrados, com as palmas das mãos para cima: fazer o quê? Camilo dá um cutucão no braço do mímico para chamar sua atenção. Aponta para Rodolfo. Camilo decide tentar uma nova estratégia. Com os punhos fechados, ele esfrega os olhos e desenha uma lágrima no rosto. Aponta de novo para Rodolfo e faz com os braços um triângulo sobre a cabeça (você acha que isso parece uma casa?, pergunta sussurrando a Murilo) e, por fim, aponta para o mímico.

Aguardam um gesto de resposta. De súbito, a voz de Pepe os toma de surpresa:

— Ó lá, ó lá! O guri na árvore.

Murilo e Camilo olham para trás, mapeiam as copas das árvores, não enxergam nada. Quando giram a cabeça de volta para o mímico, o homem sumiu. Camilo leva um segundo para entender e começa a rir, sacode os ombros de tanto riso, curva o tronco e dá palmadinhas nas próprias pernas e se mata de rir, enquanto Murilo olha para todos os lados com o sangue avermelhando o rosto. Ergue uma das mãos para o nada num gesto que tenta agarrar no ar a imagem de um fantasma. Camilo retoma o fôlego aos poucos e olha muito contente para Murilo.

— Essa é mais velha que a morte, hein? — e ri mais um pouco.

Camilo passa um braço por cima dos ombros do amigo inconformado e os dois se afastam do chafariz abraçados. Murilo ainda busca pelo parque a imagem do mímico, mas Camilo apenas sorri, muito feliz consigo mesmo por ter caído no truque de desaparecimento mais infantil de que já se teve notícia. Aponta para as árvores onde o mímico fantasiara um rapaz e pergunta:

— Já percebeste a quantidade de papagaios e caturritas que existem nessa cidade?

Inacreditavelmente, o dia em que voltou do parque desiludido com o mímico foi o primeiro dia em que Murilo se perguntou por que, afinal, ele simplesmente não desistia da empreitada. Bastava largar a tartaruga no Arroio Dilúvio, no laguinho da Redenção, na beira do Guaíba: ela que se virasse, pois não sabia nadar? Pois não sabia caminhar? Aos animais selvagens, a selva.

Largou o bicho sobre a mesa, e ele disparou em linha reta, fosse qual fosse o significado de disparar para quem é feito de lentidão. Murilo apoiou o cotovelo sobre a mesa, descansou a cabeça na concha da mão e pensou em deixar que a tartaruga seguisse em frente até cair da borda e se estatelasse no chão. Não gostava dessa coragem burra que está sempre presente nos animais e nas crianças. Se caísse, talvez aprendesse a ficar imóvel quando livre. A maturidade passa por renunciar a movimentos descontrolados. Sentiu pena da tartaruga, presa na sua liberdade.

Chamou-a, sentindo-se um idiota. Chamou-a, como a um cachorro, e só mais tarde, bem tarde naquela noite, ele vai se surpreender quando lembrar que, naquele momento, debruçado sobre a mesa, ele não sentiu surpresa alguma quando a tartaruga parou, deu meia-volta e caminhou na direção do seu nome.

FRANCESCA,
isso não vai dar certo.
Talvez eu devesse achar uma forma de te enviar Rodolfo. Deve haver um serviço de transporte para pequenos animais. Na televisão aparecem toda hora matérias sobre contrabandistas de pássaros, lagartos, peixes, e eles usam os correios. Os correios! Então não deve ser tão difícil mandar uma tartaruga para algum lugar.
Não acho justo que eu fale de mim quando de ti não recebo nada além de recusas, mas talvez seja mais fácil de explicar se te conto sobre uma mulher chamada Gabbriela, uma mulher que me deixou infeliz. Fomos só eu e Gabbriela durante um bom tempo. Até ela ficar infeliz. Acho que ela ficou infeliz. Quando ela conheceu o outro, achei que a perderia. O outro era mais jovem que eu, mais perto dos vinte e oito de Gabbriela, com um diploma, uma promessa de herdar uma empresa e com mais cabelo do que eu aos trinta e seis. É claro que me incomodou a ideia de perder Gabbriela. Tentei encontrar um meio-termo entre

o meu desejo e a proposta dela. Gabbriela queria conciliar o nosso amor com novos amores. Queria liberdade. Perguntei sobre o outro. Gosta de estar perto dele? Ela gostava. Tinha se apaixonado? Não sabia, estavam apenas se conhecendo. Perguntei o que isso significava. Ela disse que conversavam, contavam coisas um para o outro. Era novo, ela disse. Perguntei se era disso que ela precisava, ter sempre uma novidade. Me respondeu que não: ela precisava ser a novidade.

As pequeninas marcas de dentes nas costas de Gabbriela denunciavam as novidades que ela inventava com o outro. Sempre preferi os seios e nunca mordi suas costas. Depois de percorrer meus dedos pelos riscos das dentadas do outro, passei a fazer questão de apertar com força os braços e as coxas dela para deixar manchinhas roxas pelo seu corpo, para que o outro soubesse que eu existia. Para que, na cabeça dele, eu fosse o outro e, sendo o outro, me sentisse menos eu. Ou me sentisse na pele de nós dois. Ser eu mesmo e ser o outro de uma só vez. Só que, hoje, não sou nenhum deles.

Gabbriela me prometeu uma felicidade sem fim. Depois, me prometeu uma felicidade parcelada. Até que ela se retirou, sem dar motivos. E por isso é necessário desfazer o abandono, restabelecer o antes, corrigir o passado. Em breve, vou viajar até Gabbriela para que ela possa cumprir sua promessa, e não tenho como levar uma tartaruga.

MURILO,
Você me conhece mais do que muita gente. Acaso não conhecemos Sherazade mesmo quando ela não fala de si? É interessante o nome Gabbriela. Obrigada por me contar. Sei que deve ter sido apenas pela facilidade maior em abrir o peito para quem não conhecemos, mas, ainda assim, obrigada por me contar. Talvez você devesse escrever a ela. Eu escrevo cartas ao meu pai, que também desertou de mim. Minha mãe já tinha morrido, e eu o assustei, suponho, eu não era a cria que ele esperava. Sinto falta dele, apesar de tudo. Ainda posso escutar sua voz se fecho os olhos, as frases ainda atravessam meu peito, as palavras ainda pesam sobre os meus braços e não posso sustentá-las. Sinto frio ainda, mas esse abandono dele atual é pior do que os antigos ataques ácidos, porque agora não há alívio. Não há para onde se encolher e fugir do vazio do abandono, não há água que salve do deserto da distância. Vazio e gelado, esse abandono define muito de quem eu sou. Então escrevo cartas que coloco no correio sem endereço de destinatário. Ele

nunca lerá, mas estou fazendo a minha parte. Talvez você devesse escrever a Gabbriela e fazer a sua.

O calor da tarde aplasta Murilo e Camilo dentro de casa. Estão sentados no chão da sala, sem camisa, com as costas apoiadas contra as paredes frias. Os dois pequenos ventiladores não dão conta de jogar o bafo para fora. Na bacia de Rodolfo, jogam uma pedra de gelo de cada vez, incertos sobre as preferências das tartarugas. Camilo propõe uma cerveja, mas Murilo não gosta de beber antes do trabalho. Ficam ali, pesando os benefícios de uma ducha fria contra a preguiça invencível de se mover até o banheiro.

Rodolfo emerge na sua rampa de acesso à bacia. Avança devagar sobre a capinha de CD. Tu acha que ele tá com calor?, pergunta Murilo. Rodolfo já está chegando ao chão. Há quanto tempo colocamos o último gelo?, diz Camilo. Não sei, uns dez minutos. Rodolfo estaciona no fim da rampa, não chega a pisar no chão. Talvez ele esteja com fome. Tem comida na bacia. Talvez ele esteja fugindo de um maremoto. Na bacia? No Guaíba, sei lá, os bichos pressentem essas coisas. Rodolfo dá meia-volta e começa a subir a rampa. Ele desistiu. Talvez esteja fugindo de nós. Eles sentem os maus agouros? Isso, até eu. Será que eles pressentem também as guerras, as invasões de capital estrangeiro, as brigas de namorados? Seria bom se pressentissem os amores impossíveis e nos avisassem antes. Mas não existem amores impossíveis, nenhum amor supera nada, o amor é que nasce do impossível. Como assim? Tu já amou alguém que pudesse ter?

O próprio tempo parece descansar com o calor e, quando Murilo chega ao trabalho, tem as pernas doloridas como se tivesse caminhado um dia inteiro. Rodolfo ficou em casa com Camilo. O colega-Cartola também se mexe mais devagar. Tem manchas de suor na camisa e o olhar abatido. O ventilador estragou, comenta antes de ir embora.

Ainda faltam umas duas horas para o calor dar um alívio. Enquanto isso, Murilo fica sentado o máximo de tempo possível. As pessoas que saem do elevador tomam um susto com a temperatura da rua. Esquecem-se de dar boa-noite a Murilo, enquanto os homens afrouxam a gravata e as mulheres prendem os cabelos em coques altos.

A noite cai, também lenta, e Murilo começa as rondas por todos os andares do prédio. É a parte braçal do trabalho que nunca resulta em nada. Volta à sua mesa, tem vontade de tirar a roupa e deitar no piso frio. Joga uma partida de paciência no celular. Outra. Mais uma. O tédio ainda vai deixá-lo louco. Abre o bloco de notas e escreve.

A moradora desempregada acordou mais cedo aquela sexta-feira. Depois de mandar os meninos ao colégio, levantou os colchões para que o quarto voltasse a ser sala e levou a cadeira de praia para a rua onde deveria haver uma calçada. O moço da secretaria disse que a transferência das famílias para os novos blocos de edifícios não passava dessa semana. Na caída do sol, pousará sobre o telhado do casebre um urubu frondoso de penas, tão velho quanto a pobreza, e se alimentará das ilusões perdidas.

Quando o sol está nascendo, volta à folha com os urubus. Não está muito satisfeito com o novo fragmento. Pergunta-se por que dessa vez a ideia veio como uma historinha, por que inventou ali uma personagem. Pensa que ainda vai precisar alterar frases e talvez tire de cena a moradora desempregada. Mas, por ora, só adiciona uma última frase:

No dia seguinte, a família acorda mais uma vez com o som ensurdecedor das caturritas.

Levam Lídia com eles na mais nova busca por um lar para Rodolfo. Ela anda necessitada de distrações. Ficou surpresa com o telefonema de Murilo, mas aceitou o convite de imediato. Percorrem treze quadras na Assis Brasil, uma vez para ir e outra para voltar. Buscam um açougue do qual não sabem o nome, mas onde trabalha Fernão, um antigo chefe de Francesca. Desistem da jornada quando chegam de volta ao ponto de partida, e é quando estão indo embora que Lídia avista um pequeno açougue escondido dentro de uma galeria comercial.

O trio entra no estabelecimento e causa certo espanto no atendente atrás do balcão. Não parece acostumado a receber tanta gente de uma vez só. Por um segundo, ficam todos paralisados. Lídia dá um cutucão no braço de Murilo para que ele fale. Fernão?

É o próprio. Sim, conhece Francesca. Não sabia que tinha uma tartaruga, mas pode ficar com ela. Murilo mal consegue acreditar, enfim alguém aceita Rodolfo. Começa a falar sobre como guardá-lo na água, sobre o que ele costuma comer e que, não tem como saber com certeza, mas parece gostar de passeios ao ar livre. Fernão escuta com atenção. Sacode a cabeça.

— O meu filho vai adorar.

Lídia busca em Camilo uma confirmação para o seu medo. Ela apoia-se contra o balcão.

— O seu filho vai adorar?

O açougueiro confirma. É um menino de seis anos. Ama os animais, já teve mais de meia dúzia de pintinhos. E só então Murilo entende os olhares apreensivos da sua irmã. Vira-se para Fernão:

— Meia dúzia de pintinhos... que hoje são grandes galinhas?

Fernão sorri.

— Ah, tu sabe como são as crianças, né.

O açougueiro limpa as mãos num pano que algum dia já foi branco.

— Então?

Ele estende o braço para receber Rodolfo. Murilo olha para Camilo, que morde os lábios. Olha para Lídia. Ela tem os olhos tensos e faz um discreto sinal de não com o dedo indicador sobre a boca. Murilo inclina a cabeça na direção da porta. A um pequeno sinal, os três saem correndo do açougue, o mais rápido que podem, e avançam por umas boas cinco quadras até caírem na gargalhada.

— Ele nunca teria nos seguido, a gente não precisava sair correndo que nem uns loucos — diz Lídia, a mais animada entre eles.

Camilo dá tapinhas nas costas dela.

— A gente não tinha como saber.

Dividem um táxi para voltar ao Partenon. A caminhada os deixou famintos e cansados. Escolhem no Reunião a mesa onde bate mais vento. Comem variações do prato do dia: carne, frango, carne com uma porção extra de feijão. Murilo corta pedacinhos de alface, tomate e frango desfiado para Rodolfo. Deposita tudo sobre um guardanapo, e a tartaruga devora seu almoço em alguns minutos.

O garçom se aproxima para limpar a mesa. Lídia e Camilo esbarram as mãos no ar tentando empilhar os pratos. Os dois riem, e Murilo se dá conta de que não se lembrava mais do riso da irmã: acha-o bonito. Eles entregam as coisas ao garçom depois de juntar os restos de comida num prato só. Camilo sorri para Lídia.

— Sempre gostei de quem organiza a louça pro garçom recolher.

Ela concorda:

— E de quem organiza a casa antes da faxineira chegar.

— Quem segura a porta do elevador mesmo pra gente que caminha muito devagar.

Lídia se anima com a compreensão do novo amigo. Tem uma nova nota na voz, como se tivesse ficado um pouco mais jovem.

— Quem escreve bem grande "vidro quebrado" na sacola de lixo com cacos de garrafas.

— Quem dá parabéns pra malabarista de esquina.

— Quem paga com o dinheiro certo.

— E quem troca as moedinhas com o cobrador do ônibus.

Lídia reflete um segundo.

— Quem pede desculpas à mesa quando esbarra na mesa.

Camilo joga o corpo para trás, morde os lábios para pensar melhor.

— Gosto muito também de quem, mesmo exausto no fim do dia, senta no balcão do bar e esfrega a manga da camisa sobre as manchas molhadas na madeira ao invés de incomodar pedindo um trapo de pano.

Os dois brindam com seus refrigerantes coloridos, olhos fixos e cúmplices. Lídia toma um gole e deixa o copo à sua frente, ainda o segura entre as mãos.

— Sabia que sou a única advogada que o porteiro do fórum trata por tu?

Camilo volta a se debruçar sobre a mesa e olha para Murilo:

— Sabias? Que tua irmã é a única a quem o porteiro chama por tu?

Murilo esboça a metade de um sorriso. Faz que não com a cabeça.

— Não sabia — e olha para Lídia —, mas não me surpreende.

GABBRIELA,
imagino a minha ausência na tua vida. Que espaço ocupará? Será grande o suficiente para preencher o outro lado da cama, metade do sofá? Por quais camas e sofás andarão tuas pernas? Teus braços levarão com eles a minha ausência? Será que é grande o suficiente, a minha ausência, para ocupar o espaço dos teus pensamentos, a intensidade do teu desejo, o oco do teu corpo? Ou será já tão pequena que te cabe no bolso da calça, num frasco de perfume acabado ou até mesmo equilibrada sobre a rolha da garrafa do vinho de ontem? Terá minha ausência se encolhido até desaparecer? Sumida, imagino que ela terá deixado vazio o tanto que ocupava, e agora te restará apenas a ausência da minha ausência, novo fantasma do velho fantasma.
MURILO

A térmica de café está vazia quando Murilo se levanta. Pensa que o descuido é mesmo o preço da intimidade. Põe a chaleira no fogo e torce para que ainda haja algum pedaço de manteiga. Quando abre a porta da geladeira, dá de cara com um copo cercado pelas bordas de um chantilly espesso e brilhante. Um pedaço de papel ao lado dele diz: capuchino gelado. Subestimara Camilo. Se continuar assim, em breve é Murilo que estará em dívida com seu invasor.

A dose de cafeína e açúcar deixa-o agitado. Vai para o quarto ainda mastigando uma última mordida de pão e escancara todas as portas do roupeiro. Está na hora de jogar fora as coisas que não servem mais, as camisetas que Gabbriela sempre detestou, as calças que nunca vai costurar. Ainda não comprou os lençóis novos, mas será o próximo passo na preparação.

Está sentado em meio a cinco pilhas de roupas quando ouve o barulho da porta da frente. Tenta melhorar a postura, enrijecer as costas e fazer cara de quem sabe aonde quer chegar. Camilo aparece no quarto, traz Rodolfo equilibrado na palma da mão. Fomos passear, anuncia, orgulhoso de si a ponto de nem perceber a anormalidade do quarto. Murilo levanta-se num susto. Olha embasbacado para Camilo e corre para a sala, para a frente da bacia de Rodolfo, como se precisasse conferir que ele não estava lá, que não era uma cópia na mão de Camilo.

— Tu levou o Rodolfo pra rua? — grita apontando para a janela.

Camilo não entende.

— A gente leva ele pra rua o tempo todo. — Mal termina de se defender, percebe que o problema é de ciúme. Então Camilo baixa o tom de voz. Garante que nem foram longe, só sentaram na pracinha, poucos minutos, Rodolfo nem caminhou muito; Rodolfo, ele tem certeza, nem se divertiu. Além disso, na volta parou pra pegar cervejas.

Murilo ficou mais tranquilo quando pegou Rodolfo de volta e o examinou por cima, por baixo e nas duas laterais. Estava igual a sempre. Com Camilo, sentam-se de novo no chão da sala, passam menos calor assim. Rodolfo caminha entre eles. Bebem rápido para que as cervejas não esquentem. O sol ainda não caiu quando eles já estão bêbados, e as garrafas, vazias. Querem continuar, é claro, e enquanto Murilo desenterra do armário da cozinha um conhaque empoeirado, Camilo tira do fundo da sua mochila de viagem uma cachaça branca com pedaços de frutas que ainda não terminou de curar. Rodolfo se recolheu à sua ilha e, coincidência ou não, enfiou a cabeça para dentro do casco no mesmo instante que os dois homens voltaram à sala munidos das suas novas garrafas.

A bebida traz à boca de Murilo as reclamações contra Gabbriela. Pede a Camilo que o ajude a entender o que a fez ir embora. Ele entende mais das mulheres, não? Sua avaliação é que ela devia sofrer de uma insatisfação crônica. Sim, só podia ser isso. Insatisfação crônica, ele repete orgulhoso da conclusão. Camilo sacode o copo de cachaça na direção de Murilo, um sinal que o outro não sabe interpretar. O rosto de Camilo está um pouco embaçado na visão de Murilo. Ele não sabe qual dos dois está se movendo mais devagar do que o normal. Camilo coloca em palavras o que o gesto anterior não disse:

— E se o problema não fosse ela?

O borrão colorido que é Camilo fica maior, ondula pela sala. Murilo só entende que ele estava se aproximando quando o peso do corpo do outro afunda na almofada ao seu lado no sofá.

— Como assim? — pergunta a voz arrastada de Murilo.

— Não sei, desculpe.

As almofadas do sofá balançam, mas Murilo não tem bem certeza se é ele ou Camilo que está se movendo. Talvez nenhum, e seja apenas sua cabeça. Ao lado no sofá, mas como se viesse do outro lado do Atlântico, a voz do borrão colorido pede desculpas de novo. Então a voz ruminante de Murilo garante que sempre foi um cara legal, compreensivo, calmo, fiel. Nunca foi, ele assevera, um desses babacas que controlam a vida da namorada, ele sequer era ciumento. Nunca deu palpite no guarda-roupa, nunca olhou o celular, nunca impediu que ela saísse com amigos homens.

— Nunca impediu? — Camilo exclama.

— Nunca — ele confirma.
— Nem uma vez?
— Nenhuma.
— Mas nem umazinha?
— Nunca.
Camilo dá uma palmada na coxa do amigo.
— Mas que herói.
Murilo se levanta do sofá furioso.
— Vai te foder. Até abrir a relação eu aceitei.
Ele caminha em ziguezague pela sala, abre os braços para alongar as costas, olhando para o nada.
— Tu sabe que eu posso te botar pra fora de casa a qualquer hora, né?
Camilo ri e sacode a cabeça. Relembra Murilo que ele não está ali por necessidade. "Poderia ir embora a qualquer hora mesmo, foda-se, poderia ir a um hotel." Mas gosta de estar ali, por mais estranho que pareça. Murilo acha estranho ele ter dinheiro, isso sim. "Ninguém tem dinheiro hoje em dia. Foi herança?", pergunta. Mas Camilo nega com um movimento das mãos. Morde os lábios, sente a língua pastosa. Explica que trabalhou numa empresa de tecnologia durante oito anos. Tecnologia é uma das muitas coisas que Murilo não domina, mas sabe que algumas empresas de garagem fazem fortunas se acertam a tendência da próxima geração. Faz sentido que Camilo seja um desses pseudogênios, ele deveria ter previsto pelas roupas modernas, a barriga de sedentário, o rosto tímido.

— Tu fez o quê? Inventou um aplicativo, um antivírus, um desses relógios de pulso que nos aprisionam na internet?

Camilo se deita no sofá.

— Não, eu era da contabilidade. Só saí da empresa.

— Que gorda deve ter sido a tua rescisão.

Camilo se revira no sofá, não acha uma posição confortável.

— Digamos que fiz um acordo. Em hipótese, digamos que eu descobri que a empresa desviava dinheiro pra, digamos, um paraíso fiscal. Digamos que salvei os dados — sua voz se arrasta cada vez mais lenta. — E digamos que eu tenha informado o dono da empresa. Então digamos que ele quis me dar um bônus.

Murilo franze as sobrancelhas como se fizesse de cabeça uma conta difícil.

— Uma chantagem.

O braço de Camilo balança para fora do sofá em protesto.

— Um acordo de interesse mútuo.

— Uma chantagem.

— Um acordo comercial regido pelas leis do capitalismo.

— Chantagem.

Camilo suspira. Volta a se sentar. Parece subitamente sóbrio.

— Murilo, o que tu pensas que vende lá naquela tua portaria? Tuas habilidades de observação e de subir e descer escadas? Que nada! É o teu tempo. Eles compram tua capacidade de passar quarenta e oito horas por semana num mesmo lugar. Compram tua aparição pontual e teu desaparecimento discreto de manhã. Trabalho é tempo. E como eu já vendi tempo demais, pus à venda meu silêncio.

Murilo não responde. Não importa as voltas que Camilo dê, sabe que aquilo é errado. Mas, de novo, a curiosidade vence.

— Quanto?

Agora é Camilo que não responde. E Murilo insiste. Quanto custa o silêncio? Camilo mantém fixos nele os olhos de azeitona. É a primeira vez que engrossa o tom de voz desde que entrou naquela casa:

— Uma caralhada de máquinas de lavar, se tens que saber.

Deita de volta e apaga no sofá, deixando Murilo sozinho com o fim do dia.

A noite cai sem pressa. Murilo colocou música e está deitado atravessado na poltrona. Camilo acorda ainda bêbado. Murilo tenta esticar a perna por cima do braço da poltrona, onde os dedos alcançam uma leve brisa que encana desde a janela. No sofá, Camilo se esparrama, volta a dar bicadas espaçadas no martelinho, como se cumprisse uma obrigação mais do que buscasse prazer. Murilo está cansado, não suporta mais a temperatura que o conhaque parece elevar. Ao ver que Camilo acordou, mais por tédio do que interesse, pergunta pelo namorado de quem não ouve falar desde que os encontrou invadindo sua casa. Como está o Jorge?, e será que Camilo não pretende morar com ele na Colômbia. Camilo sacode a cabeça. Garante que Jorge sem dúvida já está com outro. Ele é assim, não consegue ficar sozinho. Além disso, é muito fácil para os homens bonitos acharem companhia, fácil demais para resistir.

Murilo fica com pena, é capaz de entender um sentimento de rejeição antecipada. Toma mais um gole do conhaque quente.

— Tu também é um homem bonito — diz sem hesitar.

Camilo levanta o rosto. Parece comovido. Procura um ponto onde largar seu copo de cachaça ruim e se decide pela estante de livros. Deixa a bebida sobre um exemplar de bolso de *Pergunte ao pó*. Aproxima-se de Murilo (que continua sentado na poltrona, os olhos sobre Camilo) e, quando está bem na frente dele, se ajoelha no chão e, parecendo assim tão pequeno de joelhos, apoia os dois braços sobre os joelhos de Murilo e sorri:

— Te parece mesmo?

Murilo termina o resto do conhaque num só gole. Equilibra o copo sobre um dos braços da poltrona. Não está incomodado. Está surpreso por não haver constrangimento algum. Ele já descobriu que gosta de Camilo e agora entende que até gostaria de se sentir atraído por ele. Presta atenção no próprio corpo, vasculha por dentro na busca de algum formigamento, mas não encontra nada. Não ocorre nada. Ele se inclina para a frente, põe as mãos sobre a cabeça de Camilo, encosta o queixo na testa dele. Afaga os cabelos do amigo:

— Nem tanto, Camilo, nem tanto.

Dorme atravessado na poltrona, babando sobre o próprio ombro.

Ainda aplastado pela ressaca, vai ao Reunião comprar alguns pastéis de carne para levar. Aguarda de pé entre as mesas da rua, respirando fundo o ar menos modorrento da noite. Vê Kimani passar do outro lado da rua. Está acompanhada de um homem ainda mais alto do que ela, e os dois caminham muito próximos, como se precisassem trocar segredos em sussurros. Quando chegam perto da esquina, Murilo vê que o homem tenta pegar a mão de Kimani, mas ela se esquiva.

Os pastéis vêm enrolados em papel de seda dentro de uma sacolinha de supermercado. Murilo começa a comer o primeiro no trajeto. Ao se aproximar do edifício, vê que Kimani ainda está com o homem alto, agora ambos apoiados contra a parede ao lado da porta de entrada. No mesmo ar conspiratório de antes, eles falam olhando para o chão. Sem entender por que, Murilo se sente de súbito envolvido naquela cena, não apenas como testemunha, mas como um personagem que tivesse sido indevidamente excluído de algo importante.

Aproxima-se da entrada em passos silenciosos. Demora até abrir a porta, num atraso proposital que lhe permite ouvir a breve risada de Kimani. Ele olha de esguelha e flagra o beijo rápido e furtivo entre ela e o homem alto.

Murilo agora sente pressa. Vai rápido até a porta de casa, algo dentro dele se revira entre as azeitonas e o ovo cozido do pastel, o estômago tomado de um embrulho de despeito ou afronta. A chave mais uma vez encrenca na fechadura. Murilo olha para trás, precisa entrar em casa antes que Kimani apareça no corredor. Joga o corpo contra a porta, tem que entrar em casa, se precisar arrombar, azar, foda-se a conta do chaveiro, só precisa entrar em casa. Investe contra a porta mais uma vez.

— Vais quebrar as costas, mas não abres esta porta. — Ela chegou sem fazer ruído.

Murilo responde sem olhar para ela:

— Isso é problema meu.

— Queres ajuda?

Ele dá meia-volta, fixa os olhos nos dela.

— Vai chamar o teu novo amigo pra fazer força?

Ela ri.

— Pois quem?

— Eu te vi ali fora — ele baixa o tom.

— Ah, sim, é meu colega de trabalho.

— Só isso?

— E por que queres saber tanto?

— Que eu me lembre, tu era casada.

— E sou. Mas, que me lembre, não me tinha casado contigo pra andar a dar-te satisfações.

Kimani sorri, como quem acaba de contar uma boa piada. O maxilar de Murilo começa a doer pela pressão com que ele aperta os dentes.

— Vou chamar um chaveiro.

Murilo a deixa no corredor. Escolhe o que aparece mais próximo no mapinha do celular. Setenta reais para trocar a fechadura que ele desejava ter trocado semanas antes. Tivesse gastado setenta reais no primeiro dia, hoje estaria livre de Camilo e talvez sequer tivesse interagido com Kimani. Os setenta reais mais mal economizados da sua vida.

MURILO,
senti sua falta nos últimos dias. Espero que não tenha se ofendido com minha sugestão de escrever a Gabbriela. Tenho pensado nas coisas que não devemos deixar pendentes na vida, e essa me parece uma delas. Lembrei de você quando estive em Cabo Polonio. Era um lugar bastante solitário, um bom lugar para sofrer por amor. Caminhei entre os leões-marinhos até que meus tornozelos fraquejassem. Busquei pelas ruelas do povoado um lugar para sentar e me decidi por uma construção em ruínas perto da estrada que criava uma sombra bonita sobre a terra.

A casa que parecia estar em demolição era na verdade um bar. Entrei quando há muito já estava escuro, a maresia esfoliando a pele do rosto, o vento doce da noite feito um convite. Me recebeu um senhor enrugado, de andar hesitante, mas voz precisa. Perguntou o que eu queria e, antes que eu pudesse responder, me ofereceu uma *grappamiel*. Tomei a pequena dose enquanto caminhava pelas duas salas e corria os dedos pelas paredes cobertas por

trepadeiras. As folhas úmidas abraçavam meus dedos, e o verde sedutor das plantas disfarçava a decrepitude das paredes de madeira em decomposição. Do canto escuro do bar, de uma mesa bamba, levantou-se um homem também enrugado, mas jovem, e perguntou ao senhor:
— Já é hora de alimentar os peixes?
— Que horas são? — perguntou o velho.
Eram onze e meia. O jovem agarrou dois potinhos de cima do balcão e jogou o pó colorido da comida de peixe para dentro do aquário que se equilibrava sobre um tamborete alto, ao lado da porta de entrada. O velho tateou pelo balcão até encontrar um pano de prato. Só então, com minha visão acostumada à pouca luz, pude distinguir os olhos opacos do velho, olhos abertos que não se fixavam em nada, e me dei conta de que ele era cego. Um velho cego com um aquário de água ainda límpida.
Acompanhei seus gestos medidos pelo bar. Suas mãos sabiam onde cada coisa se guardava, com exatidão passou o pano de limpeza por cima do balcão, desviando das garrafas sem tocá-las. Nas sombras da casa, os peixes vermelhos eram a única coisa que resplandecia, como se nas escamas houvesse luz própria. Devagar, cheguei perto do balcão. Tive medo de ofendê-lo, mas perguntei ao senhor por que tinha peixes se não podia vê-los. E ele respondeu:
— Eu não posso ver, mas reparo.
Entende?

Deve ter sido a proximidade com o mar que fez Francesca enviar Murilo em busca de um pescador na Ilha da Pintada. Para chegar lá, precisou descer no Centro, pegar um ônibus até a ilha e caminhar mais uns tantos quilômetros saindo do bairro rico para chegar ao lado mais antigo e mais pobre. Camilo não quis ir, entretido com a busca por emprego. Se tivesse ido por água, teria levado menos de vinte minutos, ao contrário de quase duas horas. As ruas de terra conferem à vila dos moradores um ar de interior rural. As casas construídas com tabuões de madeira compartilham os quintais. Murilo se lembra da rua em que cresceu. Durante muito tempo, andou livre pelos quarteirões sem nunca ouvir falar de roubos. Depois o bairro foi tomado pelo tráfico e havia o medo de ser roubado da vida. Imagina que a mesma coisa já deve ter acontecido na ilha. Caminha desviando das poças deixadas por mais um temporal e procura pela casa do senhor Macedo, onde Murilo deve chamar pelo filho Lázaro.

    A senhora descalça com um lenço dourado na cabeça nem para de limpar as ervas daninhas do seu terreno para dizer que o

Seu Macedo, a essa hora, deve estar no barco. Do filho, não sabe nada, deve ter ido à cidade vender os paninhos de prato que a mãe borda. Murilo segue reto pela rua até chegar à água. Avista perto da margem um senhor de idade que revolve cordas e redes a bordo do *Bem-Te-Vi*, um barquinho azul com remos vermelhos. Coberto de suor, Murilo se aproxima devagar, enquanto tira Rodolfo da caixinha de dominó. Boa tarde, diz, tentando com a mão livre proteger os olhos dos raios de sol. O senhor olha para ele, mas não responde. Continua mexendo os dedos que se enroscam e se libertam das linhas com maestria. Senhor Macedo? O homem então ergue o rosto e espera que Murilo continue.

— Tava procurando o teu filho Lázaro.

— Ele saiu — o homem responde, já de volta ao trabalho.

Murilo pensa que assim pode ser ainda mais fácil entregar Rodolfo. Diz ao velho que tem um presente para Lázaro. Um presente enviado por uma amiga. Mas o barqueiro vê quando ele guarda Rodolfo e se adianta ao plano:

— Deixa esse bicho viver na água.

Mas isso está fora de cogitação. Murilo não pode largar a criatura minúscula no rio gigantesco. Sabe bem o que acontece com animais domésticos quando são soltos na natureza. Eles viram a presa mais fácil e são rapidamente devorados. Tenta explicar isso ao velho, que nada responde. Talvez ele discorde ou talvez ele ache que a natureza é mais sábia. Murilo senta na areia ao lado dele.

— Se eu deixar a caixa aqui, o senhor vai jogar a tartaruga na água?

E o senhor Macedo não hesita antes de dizer que é claro que vai. Mais um plano naufragado. Murilo limpa a testa de suor. Olha para o velho e não entende como a pele queimada aguenta o calor enquanto ele mal consegue respirar. Fica de pé com dificuldade e se aproxima do rio. Despeja um tanto de água na caixinha de Rodolfo. Gostaria de pegar emprestado algum dos tantos barquinhos que vê indecisos entre a areia e a água, amarrados a pequenos tocos de madeira na margem. *Janaína, Luísa, Fabiany, Amanda, Jéssica*: por que os barcos sempre têm nome de mulher?, pergunta, aproximando-se de novo do senhor Macedo. Ele ignora a aproximação de Murilo.

— É pra dar sorte?

Nada.

— Uma prova de amor?

Nada.

— Por que o senhor não usou um nome de mulher?

O pulmão do velho se enche de ar, e o suspiro se esvazia com ruído. Encara Murilo e levanta as mãos para mostrar as redes emaranhadas. Tenta deixar claro que com sua resposta espera comprar o afastamento de Murilo.

— Mulher passa. Só o que dura mesmo é barco.

Murilo assente como se concordasse, mesmo que não tenha ainda como entender. Despede-se mais do barco do que do homem, que o ignora. O trajeto de retorno passa um pouco mais rápido do que a ida. A caixinha de Rodolfo já se esvaziou da água com os sacolejos do ônibus. Resta apenas uma semana para a sua viagem. Ele encontra as ruas do Partenon vazias. O único movimento vem de um grupo de crianças que toma banho de mangueira nos fundos de uma casinha rosa.

Murilo senta nos degraus em frente ao seu prédio e aterrissa Rodolfo na calçada. A tartaruga primeiro se distrai com uma trilha de formigas que passa apressada e, depois, sai a andar, na sua habitual minúscula velocidade. Murilo cruza os braços sobre os joelhos e tenta forçar os olhos para tirar a visão de foco. Não sabe bem que movimento os olhos fazem, mas percebe que, com um deslocamento sutil, as coisas se desfocam e depois voltam à nitidez. Está absorto no exercício quando Camilo para de pé à sua frente, curioso ou inquisidor:

— O que fazes aqui fora?

— Onde a Francesca está?

— Acho que estás sentado em cima de um resto de cachorro-quente.

— Por que nenhum de vocês me diz onde ela está?

— Parece que Rodolfo vai comer mostarda.

— Ele está passeando.

— Sim. E tu?

— Pensando. Só isso, Camilo. Vim pensar em barcos e fiquei pensando num velho cego que deu um jeito de enganar a cegueira.

— Como se faz isso?

Murilo ergue a cabeça e abre muito as pálpebras. Enquanto seus olhos castanhos confrontam os olhos de azeitona, ele estica o braço esquerdo para o lado: a mão forma um leque e, depois, como guindaste, dois dedos suspendem Rodolfo no ar e lhe dão meia-volta.

Murilo teve dificuldades para dormir durante a manhã. Alguma coisa entre o calor e um mau pressentimento ficou atravessada na garganta. Quando se levantou, vestiu as roupas mais próximas e foi direto para a porta com a intenção de buscar na rua um novo ar. Assim que gira o trinco, ouve passos que se aproximam correndo. O rosto da irmã invade a fresta da porta.

Ainda ofegante, ela entra no apartamento, senta no sofá e encara o irmão.

— Eu disse.

Murilo espera o resto. Lídia olha para ele como os cães à hora de passear, quando saltitam com a coleira entre os dentes correndo em círculos em frente à porta, uma ansiedade sofrida à beira de uma explosão. Murilo não entende, Lídia precisa continuar.

— Disse pro Wilson que ele vai morrer. Assim mesmo, eu disse, você está mais morto do que vivo, e as pessoas mortas não têm direito de ser tão babacas. Acredita? Eu disse. Você vai morrer, melhor se arrepender agora do que quando estiver inválido na cama. Eu, logo eu, eu disse tudo isso, você acredita?

Eu disse — e agora Lídia começa a bater palmas nervosas e seus joelhos tremem —, eu disse pro Wilson que não tenho obrigação de aguentar, que ele vai morrer igual, eu disse.

As palmas agitadas se convertem em tapas sobre as pernas enquanto Lídia segue falando sobre tudo que disse ao marido. Murilo, de pé em frente à irmã, imóvel e em silêncio, depois se lembraria mais dos estalos que as mãos da irmã causavam ao bater sobre as coxas do que as coisas que ela dissera. Os estalos tinham começado firmes como um sapateado flamenco. Então se aceleraram e passaram a errar os tempos nos contratempos. Em seguida se transformam numa disritmia confusa. Seguem assim até o momento em que as mãos de Lídia se escondem espalmadas no meio das pernas dela. Nesse movimento interrompido, Murilo baixa os olhos.

A irmã ri.

— Você acredita? — pergunta e ri mais, joga a cabeça para trás às gargalhadas, seu corpo inteiro se sacode, as mãos voltam a bater umas palmas esparsas, ela perde o fôlego de tanto rir até que as gargalhadas começam a se encharcar de lágrimas. Seu rosto fica nublado, ela esfrega os olhos, o riso some e abre caminho para um choro lento, compassado, quase inaudível. Murilo ajeita duas almofadas no braço do sofá. Pousa uma das mãos sobre os cabelos de Lídia e com a outra toca seu ombro, faz com que ela se deite para o lado. Ela acomoda a cabeça sobre as almofadas, depois se encolhe e vai ficando pequeninha. Murilo ergue as pernas da irmã para cima do sofá, ainda dobradas. Deixa Lídia na mesma posição em que os ainda não nascidos se acomodam no útero da mãe. Ela fecha os olhos, funga um pouco. Murilo senta no chão com as pernas cruzadas e apoia os cotovelos sobre o sofá. Passa os dedos sobre o rosto molhado de Lídia. Espera que a respiração dela se aquiete para perguntar:

— E ele?

Os olhos da irmã se arregalam. Sua boca se abre numa careta.

— Ele pediu o divórcio — e começa a gargalhar tudo de novo.

MURILO,
você talvez tenha conhecido o único pescador que não gosta de inventar histórias. Fico feliz que não tenha jogado Rodolfo na água, ele provavelmente não tem maturidade para viver sozinho, o rio deve lhe parecer um imenso armazém de perigos.
Mas é uma pena que o Seu Macedo não tenha contado nada. Lázaro me diz que ele já viveu muita coisa. É o tipo de vida que se costuma dizer que renderia um livro, embora, hoje em dia, os livros venham em todas as formas, não é mesmo? Eu estou agora lendo uma obra que é toda feita de dedicatórias. Um livro inteiro que se dedica a mulheres. E então acaba. Ele começa assim:
"Para Suzana, que fez uma plástica e ficou exatamente igual a antes. Para Clara, que dava mas não chupava. Para Amanda, que se excitava com cheiro de mendigo. Para Judite, que sentia um pau fantasma e acreditava ter nascido hermafrodita. Para Elizabete, que tentava repetir os homens com quem transava para não aumentar a contagem. Para Aline,

que dizem que se prostituía no Rio antes de voltar para casa e virar evangélica. Para Laura, que disse que todo vegano é ruim de cama. Para as de coração aberto, que esperam com paciência por uma brecha nos corações fechados."
Essa sequência de dedicatórias me deu uma certa inspiração. Me diga: você acha que posso escrever para fazer parte da sua coletânea de urubus? Dizem que todos deveríamos, antes de morrer, escrever um livro, plantar uma árvore e ter um filho, não é? Talvez eu possa cumprir dois de três. Em torno dos salões de beleza, das manicures, dos centros de depilação, dos cabeleireiros, das lojas de grife, dos quiosques de maquiagem, das revendedoras de catálogo, das redações de revistas femininas, das fotografias de revistas masculinas, das passarelas das semanas de moda, dos estúdios das novelas, das contracapas de jornais, dos outdoors, das vitrines de lojas e das revistas de dieta, circulam os urubus que se alimentam de destroços da autoestima de mulheres.

Depois da noite em que Lídia transformou um colapso nervoso em risos, Murilo a convenceu a ficar uns dias no apartamento. Ela agora não sai de perto da janela. Ele não sabe bem o que fazer com essa mulher abandonada. Não está acostumado a cuidar dela. Pensa que poderia trazer um doce para o café da manhã.

Depara-se com Kimani assim que abre a porta. Ela está de chegada, caminha na direção dele. Primeiro, Murilo baixa a cabeça, esperando ignorar a vizinha na torcida de que ela o ignore também. Não tem nada a lhe dizer, o ideal seria que nunca mais se encontrassem na vida. Menos constrangedor para ambos.

Ele fecha a porta o mais rápido possível e tenta passar reto por Kimani, mas ela o convoca.

— Trocaste a fechadura?
— Sim.
— Foi muito custoso?
— Sim.
— Pena. Eu conhecia um bom chaveiro. Econômico.

Murilo sente a mandíbula se contrair de modo involuntário. O que ela quer? Sempre cheia dos sorrisos, mas casada, mas acompanhada de alguém que não era um marido, mas não dando abertura para a investida dele, mas se fazendo de desentendida. Apenas então, com um atraso monumental, passa pela cabeça de Murilo que a vida de Kimani não é da sua conta e que, talvez, ela tenha uma vida tão complexa quanto era a vida dele com Gabbriela. Concentra-se para soltar a mandíbula. Olha para ela:

— Eu não tinha nada a ver com aquilo.
— Não tinhas.
— Tu é livre pra fazer o que quiser.
— Pois evidentemente.

Ela tira os sapatos e os acomoda na soleira da porta. Murilo não se lembra de vê-la fazer isso antes. É uma novidade, ou ele não notava. A vizinha entra em casa calçando apenas meias com quadradinhos coloridos.

— Kimani — Murilo chama.

Ela espicha a cabeça para fora da porta, agarrando-se ao marco para garantir o equilíbrio.

— Desculpe — ele diz.

Ela faz um leve sinal com as sobrancelhas antes de fechar a porta.

FRANCESCA,
teus urubus completam bem minha coletânea.
E eu, posso participar da tua coletânea de causos?

Muito tempo atrás, numa cidade meridional que de tão ao sul quase estava no país errado, houve uma mãe que, de tão improvável, quase não foi mãe. Nascera como a caçula de oito irmãos homens. Os pais, é claro, a chamavam de filhinha, e não tardou para que os irmãos adotassem o mesmo apelido. A filhinha cresceu sob os olhares vigilantes dos irmãos, e enquanto eles ganhavam a rua e o mundo, ela passava o tempo em casa, ajudando a mãe na manutenção do lar. Viu os irmãos namorarem, saírem de casa, voltarem com seus próprios filhos. Ela ficara para ajudar os pais idosos com as coisas da casa. Então chegou a vez dos seus sobrinhos crescerem e, ouvindo a família chamá-la de filhinha, entenderam que aquela era a Tia Filhinha. Os irmãos acharam graça, também os vizinhos, e a Tia Filhinha seria para sempre no diminutivo, mesmo que muitos a considerassem já uma tia solteirona. Tinha quarenta anos quando convocou a mãe (o pai já se fora), os irmãos, as cunhadas e os sobrinhos para comunicar que estava grávida e ia se casar. Eles tardaram a acreditar, com quem a filhinha podia estar saindo sem que eles soubessem? Ela contou que o conhecera no armazém quando comprava sabão em barra, e ele, que estava ali comprando balas de morango, a presenteara com um sabão que ele mesmo fazia em casa e vendia de porta em porta. Começou a passar todos os dias pelo armazém, perguntando ao dono sobre o vendedor de sabão. O senhor contou que vira o vendedor de sabão crescer naquelas mesmas ruas. Tinha sido um pequeno demônio que se sentava ao lado do balcão e pedia balas a todos os fregueses. O dono tinha que expulsá-lo sacudindo um pano de prato acima da cabeça sob gritos de sai daqui, moleque!, vai pra casa, moleque! Mas gostava do menino e, assim que a idade permitiu, o colocou para trabalhar no armazém. Chegava atrasado, e ele sempre pedia vê se cria juízo, moleque. Ele até que criou algum juízo e entrou na vida adulta como representante de vendas de uma empresa grande e agora, começando o próprio negócio de sabão, o senhor do armazém ainda o recebe com um abraço longo e diz olha só o meu moleque. Isso tudo a Tia Filhinha contou diante de rostos de incompreensão, e a verdade é que todo esse preâmbulo foi para justificar e talvez preparar a família para a revelação de que Valter, seu noivo, era o homem que alguns no bairro conheciam por Seu Moleque, e ela pediu que ninguém risse, que entendia o ridículo da Tia Filhinha se casar com o Seu Moleque, mas que, por favor, não caçoassem dela porque ela, de verdade, nunca estivera tão feliz. É claro que a família riu até entortar os estômagos porque é isso que fazem as famílias que dão certo, mas também estavam felizes e celebraram o casório e festejaram o nascimento do primeiro nenê.

Pela primeira vez em anos fala com carinho dos pais. Ter carinho pelo início do relacionamento deles é mais fácil do que perdoar o que fizeram com ele nos seus primeiros anos de vida. O que sua mãe fez enquanto o pai assistia a certa distância, como se não lhe dissesse respeito, como se fosse o filho de um vizinho, uma criança que se vê passar na rua e da qual se pode desviar os olhos. A não intromissão do pai machucava mais do que as imposições da mãe. Ela sempre sonhara com uma filha, era tudo que ela queria desde menina, dar à luz e criar outra menina, uma menina melhor do que ela. Então foi apenas natural que diante de Murilo ela fingisse não perceber e comprasse vestidos e roupinhas cor-de-rosa e deixasse o cabelo da criança crescer e até mesmo furasse as orelhas com pequenos pontinhos de ouro. Aos vizinhos, dizia que o nenê era sua princesa. Chamava-a de minha joia. É claro que a princípio ele não sabia a diferença. A confusão começou com a chegada da irmã, quando ele tinha seis anos. Ali entendeu que ele era o centro de alguma coisa não resolvida na família. Não se lembra sobre o que eram as brigas, mas se lembra de que elas existiam.

Lembra-se, com mais clareza, de quando o pai juntou todas as suas coisas, todas as roupas e brinquedos, e lacrou tudo com fita isolante dentro de uma caixa de plástico. Para substituir as saias delicadas e a diminuta coleção de bonecas que ele conseguira reunir até então, o pai o enfiou dentro de uma camiseta cinza e um short de tactel azul-marinho e largou no seu quarto uma bola de futebol. Depois o tomou no colo com uma brutalidade inédita, colocou-o sentado em cima da privada e exigiu que ele ficasse imóvel enquanto passava a máquina nos cabelos compridos. Murilo sentiu tanto medo que não reagiu. Chorou apenas quando a mãe o recolheu do banheiro, ela mesma com os olhos molhados, e o levou para a cama apesar de que ainda fossem seis da tarde. Os dois ficaram ali abraçados até o dia seguinte, o dia em que se despediram de uma joia perdida e ele passou a ser treinado para responder ao nome Murilo.

Pela necessidade de ser único, Murilo pediu que Gabbriela não visse mais o outro. Não havia fundamento no pedido, Murilo sabia que o acordo de abertura não estava mais em negociação. Ele não esperava que ela aceitasse, nem mesmo que discutisse. O que ele queria era apenas remexer o espinho na própria ferida, testar sua profundidade na pele e descobrir se podia cravá-lo um pouco mais. Podia. Pois ela sequer tentou fingir alguma pena, só esticou a mão na direção de Murilo e fez um leve, muito sutil, gesto de não. Resolvia aquilo de forma bastante empresarial, como o chefe que é interrompido no meio de uma ligação internacional por causa de uma bobagem. Gabbriela lia o jornal — decerto a última pessoa com menos de quarenta anos ainda a ler jornais impressos — e o dispensara com não mais do que um abano. Talvez tenha sido a postura superior (ou talvez tenha sido a disposição imutável de Murilo em vê-la como superior) que despertou nele toda a raiva que o espinho injetara até então, em silêncio, nas suas veias. Foi no tom desesperado daqueles que elevam a voz para compensar a falta de autoridade que ele tentou berrar. Mas não saiu. Seu grito, que era para ser um foda-se tudo isso ou um morra ou um vá pro inferno, se transformou em grunhidos que eram tudo isso e nada disso ao mesmo tempo. Gabbriela, séria, como se terminasse a ligação internacional e se voltasse ao subalterno com o ar grave de reprovação, pediu que Murilo se sentasse à sua frente. Ele obedeceu, é desnecessário dizer. A calma de Gabbriela o ofendia mais do que qualquer insulto. Tu não pode escolher — ela disse — entre as partes de mim que tu gosta e que não gosta. Eu, essa mulher que mora hoje contigo, que exige outros conosco, que precisa ter vontade de voltar pra casa e, pra querer voltar, precisa sair, essa mulher que te machuca é a mesma mulher que na primeira noite te levou pra casa, que tu ama pela independência, essa mulher que hoje te machuca é a mesma mulher que tu mesmo chamou de espírito livre, e tu não pode ter uma sem a outra, eu não posso ser livre e tua ao mesmo tempo, e tu não pode ter aquela mulher sem ter essa, essa mulher que te enxerga e te machuca e te ama: ou as duas ou nenhuma. Murilo chorou e disse que queria todas as manifestações of Gabbriela, mas ambos sabiam que ele não aceitava. As palavras de Gabbriela eram para ele tanto um excesso de deslumbramento quanto de destruição.

QUERIDÍSSIMO MURILO,
obrigada pela história dos seus pais. Sinto que conheço você um pouco melhor depois disso. Vê como a gente pode se mostrar mais quando fala dos outros?
Às vezes nos atrapalhamos nos caminhos, não é? Sua mãe parece ter se perdido um pouco nas encruzilhadas, porque isso é algo de que nem sequer as mães estão a salvo. Todos nós já saímos cheios de boas intenções, traçamos as distâncias, medimos os ventos, buscamos no céu o Cruzeiro do Sul e, ainda assim, vamos enveredar pelas curvas erradas.
Lembro de quando passei três meses determinada a andar sempre descalça. Sentir o mundo debaixo dos pés. Foi por conselho de uma velha curandeira amazonense. Ela disse que precisamos sentir a vida nas rugas dos pés. Guardar o tempo nas rugas dos pés. É a parte mais sensível da pele, a que fica no centro do arco do pé, a que quase nunca encosta o chão, protegida pela curva entre o calcanhar e a base dos dedos. O que ela disse: há sabedoria nas rugas porque o

segredo está nas dobras. Uma dobra é o melhor atalho para acessar o avesso sem perder de vista o lado de cá.

O que eu entendi foi que deveria andar descalça, mesmo quando voltei à cidade, e tudo que tirei disso foram uns bons calos, alguns cortes e acho que uma alergia. Há sabedorias que não funcionam na cidade. Há mundos que não permitem as rugas. Às vezes nos atrapalhamos nos caminhos. Certas estradas pedem pés descalços, outras exigem solados grossos.

Não faz muito que Lídia saiu da casa de Murilo. Ele, por sua vez, acaba de narrar a Camilo a tristeza da irmã dos últimos dias. Mas agora ela não vai mais dormir no sofá, se desculpa. Camilo pisca um olho: imagina, foi um prazer dividir a cama. Murilo ignora a brincadeira, está no sofá com os pés esticados para cima de uma das cadeiras de jantar e come uvas de um cacho que deixou a noite inteira na geladeira. Camilo está no chão, com as costas apoiadas contra a parede e as pernas esticadas à frente, sobre as quais deitou o caderno de desenho. Tenta fazer um retrato de Rodolfo, mas a tartaruga não para quieta na sua bacia. Murilo pergunta por onde afinal anda Francesca. Já percebeu que os lugares de que ela fala são longe um do outro, ela não pode ter passado por tantos países em tão pouco tempo. Mas ainda não entende onde ela está nem o que está fazendo. Camilo ergue o rosto, inseguro sobre a natureza da pergunta. Murilo mastiga a última uva enquanto remexe as sementes da fruta na concha da mão esquerda. Camilo morde a ponta do lápis. "De verdade tu não sabes?", pergunta. Olham-se, Murilo estala a língua nos dentes para remover uma casca de uva, e eles se olham mais. Murilo recolhe as pernas, firma os pés no chão e inclina o corpo para a frente.

— Claro que não sei. Vocês parecem que levam uma vida secreta pelas minhas costas.

— A Francesca está doente.

Murilo fica à espera, avalia a expressão de Camilo até ser obrigado a romper o silêncio para explicar que doente não é um lugar, que isso não responde nada e, de todos modos, que doença? Camilo se levanta, deixa o caderno cair no chão. Senta-se ao lado de Murilo no sofá e tenta falar como quem dá más notícias a uma criança. Explica que Francesca está no hospital. Por causa da síndrome de Alport. "De quê?", pergunta Murilo. "De genes defeituosos. De vez em quando ela precisa de ajuda com os rins." Camilo fala e mantém a mão esquerda suspensa no ar, como que pronta para dar algum consolo, conter um sobressalto ou chacoalhar o espanto. Murilo quebra os pequenos galhos do cacho de uvas.

— Mas e as mensagens?

Camilo mantém a mão no ar.

— Ela escreve do hospital, claro.

O rosto de Murilo não acompanha a perplexidade da sua voz:

— E as viagens?

Camilo fecha a mão e tenta esconder a boca. Abre um pouco mais os olhos. Murilo repete:

— As viagens aconteceram?

Camilo sorri.

— Faz diferença?
— Eram verdade?
— Murilo, não enche o saco. A verdade nem existe. Tudo que não é mentira é ficção.
— É claro que a verdade existe. E importa.
— Tu nunca mentiu pra ela?

FRANCESCA,
o que foi tudo isso?
Mais um engano.
Como é possível que descobrir que tu está aqui na cidade faz com que tu pareça tão mais distante?

Sabe, a minha Gabbriela nunca bebia o suficiente para sair do prumo, mas fumava maconha com a mesma regularidade com que eu tomava cerveja, e Camilo talvez tenha te contado que eu bebo bastante. Mas eu não gostava quando ela fumava porque ela ia para longe, para um lugar desde onde ela se comunicava comigo, me via, me tocava, me beijava e seria mesmo capaz de ir para a cama comigo, mas depois não lembraria, ou lembraria aos pedaços, ou lembraria de um jeito enviesado, e aquilo que não lembramos é como se não tivesse acontecido, de modo que ela fumava e começávamos a viver vidas paralelas: eu vivia sozinho, ela flutuava no tempo sem se inteirar de nada. Eu odiava aquela vida paralela. Ao mesmo tempo, tinha inveja nesse meu desprezo. Também eu queria ter a liberdade que ela experimentava quando fumava. Tão distante, tão aérea e intocável. Gabbriela drogada habitava outra dimensão, da qual eu não fazia parte. Ela fumava e ficava tão alheia a tudo, alheia a mim, livre de mim. Mais livre de mim do que eu jamais poderia ficar dela.

Então o ponto é que descobrir que tu está num hospital, que tu não está atravessando a bosta de um continente inteiro, que tu talvez nunca tenha saído dessa cidade podre, isso é como se tu não existisse, entende? Tu é tão real quanto um delírio da Gabbriela, é como se tu, num hospital, estivesse chapada inventando pessoas e lugares, e se esses lugares não existirem, a Francesca que eu conheci não existe e nem o Murilo que escreveu a essa personagem tua. Somos todos um delírio coletivo. Tu está aí, numa vida paralela, e essa vida nem existe.

Camilo está sentado sozinho no Reunião quando vê Lídia do outro lado da rua e grita por ela. Ela comenta que acaba de sair da casa de Murilo, e Camilo conta que tem evitado a companhia do irmão dela. Certo rancor se intrometeu entre eles desde que contou o que sabe sobre Francesca. Lídia senta em frente a Camilo, pede que ele não se preocupe, o irmão sempre foi afeito a rancores agudos, mas passageiros. O garçom chega com mais um copo, que Lídia não demora a encher. Hoje não volta mais ao fórum. Depois de alguns goles em silêncio, ela pergunta:

— Camilo, uma curiosidade. As mulheres te decepcionaram tanto que você trocou pelos homens?

As recentes reviravoltas na vida de Lídia a deixaram indiferente à etiqueta. É difícil se importar com o pudor quando o destino não guarda nenhum decoro. Camilo ri e dá de ombros:

— Eu não tenho como saber, nunca fiquei com uma mulher. Entendi, ou aceitei que era gay com dezesseis anos. O irônico é que foi quando perdi uma aposta.

— Você virou gay porque perdeu uma aposta?

Camilo sacode as mãos enquanto ri.

— Eu experimentei um homem porque perdi uma aposta. Ele se chamava Daniel. Era meu colega de escola, e não tinha nenhum amigo à parte de mim porque todo mundo sabia que ele era maricas. Um dia o Dani inventou uma desculpa pra ir na minha casa e, quando estávamos no meu quarto, ele perguntou se eu tinha certeza de que não era gay. Eu disse que claro que tinha, se eu era homem. Meu pai era muito macho e odiava coisas de mulherzinha. E o Dani riu e perguntou se eu já tinha testado. Porque, se acaso eu não tinha testado, não podia dizer que tinha certeza. Fiquei bem quieto, com medo. Ele chegou atrás de mim e falou da aposta. Nós dois íamos tirar a roupa e ele ia tocar só nas minhas pernas. Em nada mais, ele prometeu. Mas se eu ficasse de pau duro, tinha que deixar ele me chupar. E se eu não sentisse nada, podia ter certeza de que era homem. Certificado.

Lídia descruza as pernas. Seu rosto estampa uma pergunta que não chega a se formar. Ela cruza as pernas de novo.

— Essa é a aposta mais ridícula que eu já ouvi falar.

Camilo concorda:

— Eu sei — e riu —, mas foi o melhor boquete da minha vida.

MURILO,
de certa forma, somos todos delírios impossíveis de um Deus entediado. Jogados sobre a Terra sem direção, limitados pelo corpo que nos afasta uns dos outros. A gente vive dentro das fronteiras desse mapa corpóreo que é o alcance dos nossos braços, a resistência das nossas pernas. Felizmente, os mapas são transitórios.

Quero te contar sobre um rapaz chamado Lucas, que nasceu perto de Amabaí. Eu estava em Corumbá quando o conheci, poucos anos depois de ele ter deixado sua tribo nas entranhas do Pantanal. Tinha o sotaque mais bonito que já ouvi, o sotaque de quem só aos vinte anos descobriu que era brasileiro e que devia aprender português se quisesse ganhar essa nova pátria. Quando ainda habitava aquela terra onde sua língua nativa, um mistério para os brancos, se misturava às primeiras palavras do país-continente, ele conheceu Lindsay. Ela havia nascido em Londres, mas naquele momento, acampada numa fazenda pantaneira, transitava pelo mesmo território de Lucas, dona de um idioma que ali de nada servia e tateando às cegas por dentro do português. Tateando-se, eles se conheceram e se apaixonaram. Dentro de que geografia nasceu esse amor? Soube meses depois de ter me despedido deles que se mudaram para Puerto Suárez, onde ela deu à luz um bebê com pele cor de argila e cabelos de fogo. Filho boliviano com sangue de um índio incorporado pelo Brasil e de uma britânica enraizada entre os latinos, é uma criança a quem as fronteiras parecerão sempre invenções tão impossíveis quanto uma tribarra.

Camilo volta para casa e encontra Murilo bêbado e seminu debruçado sobre o parapeito da janela. Latas de cerveja se empilham no chão da sala feito um prédio em ruínas. "Estás bem?", ele pergunta. Murilo responde com um dedão levantado e uns passos cambaleantes na sua direção. Trôpego, retira uma das almofadas do sofá e se abraça a ela sentado no chão. Contorce o rosto e tenta manter firme o lábio inferior que não para de tremer. Camilo se constrange com a exposição desse homem que está mais nu do que se estivesse nu. Desvia os olhos de Murilo e mantém o olhar sobre o sofá que, sem a almofada, parece uma boca desdentada prestes a engolir o corpo murcho de Murilo.

"Ela não tem culpa", diz Murilo entre fungadas. Camilo não faz ideia do que ele fala, mas escorrega do assento da poltrona para o chão, para ficar no mesmo nível desse homem que perde a casca. "Estás falando de Francesca?" "Também", Murilo responde. "Nenhuma delas tem culpa." "Gabbriela", murmura entre mais fungadas, "não tem culpa." E uma vertente de sussurros e lágrimas e ranho e palavras escorre do seu rosto.

Porque ela nunca o abandonou, porque foi ele que não suportou ser qualquer coisa menos do que único e, antes mesmo que ela se retirasse para Goiás, ele se retirou da relação, entregando silêncio onde ela tentava diálogo, porque ele não entendia, porque sempre teve medo de que Gabbriela descobrisse que ele era um homem-farsa, um homem que chegou tarde à tarefa de ser homem, e tentava de alguma forma compensar, porque ainda não entende os desejos de Gabbriela, porque mentiu sobre a frieza dela, porque exagerou o egoísmo dela, e agora sente vergonha porque sabe que foi injusto e se sente fraco porque achou mais fácil tirá-la da sua vida do que aprendê--la, porque acha mais fácil acreditar que foi abandonado do que acreditar que foi o desertor, porque prefere acreditar que ele foi insuficiente do que acreditar que ela lhe transbordou os limites, porque o atormenta saber que aquela mensagem, aquela mensagem escrita para ela, mas que ele sequer enviou nem enviará, porém permanece na sua cabeça como coisa feita, foi injusta, porque ele sabe que, se for para ser sincero, se for para ser honesto, é obrigatório que aquela mensagem, diga o que disser, é obrigatório que termine com um pedido de perdão.

Murilo não responde à Francesca. Não sabe se está incomodado porque não entende o que aconteceu. Não sabe se gostaria de descobrir se ela tinha inventado tudo ou se havia apenas mentido sobre as datas. Não sabe se isso é importante. Convive com Camilo, mas guarda distância. Passou a vê-lo como uma espécie de conspirador, um facilitador para o seu engano. Vem aperfeiçoando essa mágoa há alguns dias quando, numa manhã de sábado chuvosa, decide levar Rodolfo ao jardim botânico.

Espera a primeira estiada e caminha pelas ruas do Partenon. Como nunca fez antes, dispensou as caixas ou pacotes e carrega Rodolfo na mão. Observa a luz da cidade, procura nos postes, no horizonte e nas casas o brilho do novo amanhecer, mas não enxerga. As calçadas ainda estão molhadas, as pessoas têm medo de se afastar das marquises.

Murilo tenta costurar um caminho pelas ruas menores, mas não pode evitar de cruzar a última avenida em frente ao parque. Os carros não param no sinal vermelho, parece que nunca param por nada. Na guarita de entrada, Murilo precisa revirar os bolsos atrás de moedas, não sabia que agora cobravam ingresso. Para fazer uma busca mais profunda, larga Rodolfo na janelinha do guichê de cobranças. O vigia começa a rir dentro da guarita. Aproxima o rosto da janela e diz a Murilo que passe logo, a tartaruga pagou o ingresso.

Os dois avançam entre as árvores etiquetadas. Não se lembra de onde fica o lago, então sai a perambular em busca da concentração de bambus, sabe que eles ficam ilhados para que não se espalhem. Quando avista o punhado de taquaras, diminui o ritmo da caminhada. Quer chegar, mas nem tanto. A dez metros da água, acomoda-se em posição de lótus e sente o coração apertar. Segura Rodolfo sobre a palma de uma das mãos e, num gesto impensado, faz carinho no seu casco com o dedo indicador. Ergue-o à altura dos olhos. Rodolfo não esconde a cabeça nem as patas, está mais do que habituado. Murilo estica o braço para a frente e leva a mão à terra.

— Agora é contigo, Rodolfo.

Faz a tartaruga escorregar para o chão. Sente a garganta se fechar. Prefere não olhar. Deixa Rodolfo livre e esconde o rosto entre as mãos. Apoia os cotovelos sobre os joelhos e deixa a cabeça pesar. Quanto tempo vai esperar? Depois de semanas com Rodolfo, ainda não sabe calcular a demora dos seus passos. Decide contar até cem. Se abrir os olhos e Rodolfo estiver perto da água, vai deixá-lo ir. No lago, outras tartarugas ocupam as pedras à espera do sol. Se Rodolfo continuar perto dele, Murilo o levará de volta para casa. É necessário que ele escolha. É absolutamente necessário que seja ele a escolher.

Murilo se concentra na própria respiração. Não quer chorar sozinho num jardim botânico. Não pelo ridículo. Depois de tantas andanças, acredita ter perdido o medo do ridículo. Mas pela falta de alguém que o acompanhe. Já se perdeu na contagem três vezes quando desiste de chegar a cem e abre os olhos. Rodolfo tenta comer a ponta do seu sapato.

SINTO SAUDADE DE VOCÊ, MURILO.
Se sinto saudade, existo? Ou você continua me isolando numa realidade paralela fantasmagórica? Se for tão importante para você saber onde estive, posso lhe enviar uma cópia do meu passaporte. Parece um pouco burocrático entre amigos, mas estou cansada de olhar para as paredes brancas do hospital nesse novo tom amarelado. Você sabia que a solidão é amarela?
Gostaria que essa ruptura na nossa amizade se consertasse tal qual um osso quebrado. Sabe o que acontece quando um osso se quebra? Ele calcifica e fica maior, mais forte do que era antes. Eu tento acreditar que o mesmo acontece com o corpo todo, e quanto maior o naco de pulmão a morrer na fumaça do cigarro, e quanto mais vasinhos sanguíneos se romperem numa mancha roxa, e quanto mais dolorida a unha que se quebra no baque da porta, e quanto mais vezes um coração se parte, melhor se recupera. Suponho que uma amizade seja um organismo tão vivo e orgânico quanto qualquer coisa dessas.

Talvez eu não devesse ter escondido nada de você. Talvez minha distorção de espaço-tempo seja para você uma grande ofensa. Que diferença faz se estive na Bolívia há cinco anos, ontem ou na semana que vem? Se meu corpo estava num lugar e minha cabeça noutro? Eu nunca estive no lugar certo minha vida inteira. Quando voltei a morar em Porto Alegre, foi frequente que me perguntassem: tu é daqui? Quando eu respondia que sim, me diziam ah, que estranho, achei que tu fosse de outro lugar. Que lugar?, eu perguntava, e sempre ouvia a mesma coisa: não sei, um outro lugar.

Se ultimamente minha cabeça pôde se desprender do seu suporte e viajar no tempo, isso é apenas uma vantagem que ganhei desse corpo danificado. Estou cansada de morrer, Murilo, e nem sempre consigo reinventar a vida. Tive tantos relacionamentos por escrito nos últimos anos que às vezes eu me via como uma repetição de mim mesma. Não existe muita chance de originalidade quando se está morrendo. Morrer é sempre igual e, ainda assim, cada evento de morte inaugura um novo momento no mundo, o mundo sem nós.

Posso te dar esta verdade: a carne das minhas palavras sempre foi mais genuína do que a carne do meu corpo.

Depois de dois dias convidando, Camilo convence Murilo a tomar uma cerveja no Reunião. Tenta puxar um assunto atrás do outro, como quem precisa arrancar um sorriso de uma criança depois de obrigá-la a tomar um remédio amargo. Os dois sentam na mesa de sempre e pedem a cerveja de sempre e, dessa vez, recebem copos esbranquiçados por uma película de gelo, recém-saídos do congelador. Olham-se um pouco surpresos: foram promovidos na hierarquia de clientes da casa.

Rodolfo é colocado em cima da mesa, como sempre. Caminha de Murilo até Camilo, que o vira na direção contrária, então ele caminha o trajeto de volta e o vaivém se repete de modo quase automático. Nenhum assunto engata com Murilo, que responde às tentativas de Camilo com resmungos e gestos vagos. Não tira os olhos de um grupo de moradores vizinhos que está jogando baldes d'água sobre uma mancha de sangue na esquina. O corpo foi retirado de manhã cedo, mas a polícia não tem o costume de limpar a sujeira que faz. Aponta para o grupo e pergunta a Camilo:

— Por que tu ainda não foi embora dessa cidade? Se eu tivesse o teu dinheiro, já tava muito longe daqui.

Camilo gira o pescoço para rever o que já tinha visto na chegada. A espuma de sabão e as vassouras esfregando o asfalto, e os outros clientes do bar tão indiferentes quanto eles.

— Não sei. Tem coisas que eu gosto daqui.

— Duvido que consiga me dizer uma, só uma.

Camilo toma um gole de cerveja. Fica em silêncio por alguns segundos, coça a cabeça, faz desenhos no suor do copo gelado.

— Gosto de subir a General Câmara. Mas tens que subir do jeito certo. Começando na Andradas. Os primeiros passos podem ser um pouco difíceis, tem aquele monte de gente, tem a mureta amarela atravessando a rua, tem aquele deque de madeira que vira bar, é muita informação. Então tu paras, respiras. Podes parar no meio da rua mesmo, não vem carro. Aí olha pra cima. Lá no alto, vês a torre da Catedral. É como uma foto, os dois prédios do fim da General Câmara servem de moldura para a cúpula da igreja, mas deixam um pedaço de céu, até um pedaço da praça, e aí pensas: que bom enquadramento! E é isso. Pensas "que bom enquadramento" e vais embora mais contente.

Murilo não se lembra da última vez que foi à praça da Matriz. Concentra-se no copo à sua frente. Pergunta a Camilo por que ele chamou de General Câmara se rua da Ladeira é tão mais bonito. Camilo nem sabia, só leu o nome na placa. Murilo explica que é um nome informal, mas é verdade é que ninguém mais usa. "A Fernando Machado deixou de ser rua do Arvoredo para virar a continuação da Lima e Silva. A rua da Praia hoje só atende por Andradas. Tu chegou tarde em Porto Alegre", ele diz para Camilo, e depois escorrega uns palmos cadeira abaixo. Desliza Rodolfo para que ele dê meia-volta. Esvazia o que tem no copo.

— Mesmo as fachadas preservadas agora são uma espécie de envelope de novos prédios e shoppings. São só um lembrete de que resta uma cidade por baixo da cidade, mas ninguém tem mais acesso.

Camilo balança a cabeça, finge que sabe do que ele está falando, mas logo desiste da conversa fiada:

— Devíamos ir ao hospital.

O outro nega. As palavras morrem mais uma vez. Até que Murilo pergunta "por que agora? Por que contar a verdade só agora, ou por que contar ao invés de seguir as mensagens e a mentira?" Camilo aponta com o queixo para Rodolfo, que caminha na sua direção.

— Francesca é como Rodolfo. Não fala muito de si, mas não mentiria. Tu sabes agora porque perguntaste.

Camilo então percebe que a dúvida deve ser invertida. Agora é ele que diz:

— Por que agora?

Murilo olha para ele sem entender. Camilo inclina-se para a frente.

— Por que agora queres saber, depois de tanto tempo sem fazer uma só pergunta? Nunca te interessaram os detalhes. O que houve? Estás aí deprimido com uma bobagem. Faz uma semana que nem vais ao trabalho.

Murilo serve mais cerveja. "Férias", responde. Outro gole.

— Estou de férias e não tenho o que fazer.

Camilo se inclina para trás. Ergue as mãos no ar e faz breves cálculos com os dedos.

— Férias. E o teu voo pra Goiás, quando é?

— Anteontem.

Um silêncio mais impenetrável se estabelece na mesa. Camilo sabe quais eram os propósitos de Murilo na viagem de férias. Não diz nada. O corte brusco na conversa de alguma forma corresponde ao corte nesse plano de vida.

Terminam a cerveja sem dizer mais nada. Camilo pede outra, mas Murilo se levanta. Precisa caminhar. Pega Rodolfo na borda da mesa e o vira de novo para Camilo. "Cuida dele", diz antes de sair. Não sabe para onde ir, e o calor não propicia reflexões durante a caminhada. Por mais que procure sombras, não restam muitas árvores no bairro. Tenta ordenar seus próximos passos. Ele, sim, gostaria de sair da cidade. Terá perdido sua chance por não ter ido dois dias atrás? Há alguns anos lapida uma repulsa por Porto Alegre. Somente agora se pergunta se essa repulsa brota mesmo da cidade ou se é apenas vontade de ver outros lugares. Talvez algum dia ver a Chapada dos Veadeiros, ainda que saiba que agora não faz mais sentido sair em busca de um sonho goiano ao lado de Gabbriela. Ao atravessar as ruas de Porto Alegre, percebe que o Murilo apaixonado também já morreu. Desviando das lajotas quebradas das calçadas, descobre que deseja caminhar ao lado das paixões, e não subjugado por elas.

Não conhece quase nenhum outro lugar. Com exceção da praia, das cidades aonde chega o Trensurb e de uma cidade da Serra onde passou um fim de semana com colegas de faculdade, não foi a lado algum. Pensando bem, talvez tampouco conheça Porto Alegre. Tudo que já analisou na cidade se resume ao seu bairro, às avenidas que levam aonde já estudou e trabalhou e ao Centro. Conhece algumas escadarias que cortam quadras em atalhos, sabe quantas quadras tem sua rua, sabe quantos metros tem uma quadra-padrão, sabe que a numeração das ruas começa na ponta mais próxima ao rio, sabe o significado das borboletas brancas e das mãos gigantes pintadas no asfalto, sabe a técnica para caminhar sobre flores murchas de Ipê sem escorregar e sabe os itinerários do T1 ao T12, mas, ainda assim, vive há décadas sem saber se os botões da sinaleira realmente trocam a luz para vermelho ou estão ali só para dar algo que fazer aos pedestres impacientes. Testa mais uma vez na Ipiranga enquanto aguarda sua vez de atravessar. Quando a luz dos pedestres fica verde, decide que vai visitar Francesca.

Caminham pelos corredores do hospital e seus passos ecoam da maneira muito específica que as coisas ecoam em corredores de hospitais. Camilo de súbito desvia da linha reta que traçava e para em frente à porta 1401, um movimento tão rápido e exato que Murilo pensa que ele talvez tenha elegido uma porta ao acaso. Ainda assim se aproxima. Camilo segura o vão para que ele passe e entre no quarto sozinho.

Das duas camas dispostas em paralelo, apenas uma está ocupada. Francesca dorme. Tem as pernas estiradas e as mãos unidas sobre a barriga, como se ensaiasse a morte. Murilo primeiro observa de longe, com pudor. Observar alguém que morre é mais íntimo do que observar alguém que se despe. É ela que morre, mas ele que nunca se sentira tão despido. Devagar, senta na cadeira ao lado da cama. O contraste entre a brancura do lençol e suas unhas vermelhas cria uma imagem bonita. Então ele pensa que deveria haver uma lei para proibir a morte de conter beleza.

A respiração de Francesca ganha peso, traduz-se em sons de murmulho. Ele não precisa disfarçar a surpresa porque no fundo não se surpreende tanto assim em ver os músculos murchos, a sombra da barba raspada, o queixo quadrado. Uma mulher singular, Francesca se descrevera, e ainda assim a Murilo lhe parece agora uma mulher extraordinariamente comum, e tem vontade de passar as mãos nos seus cabelos, vê-la num vestido de sol, ouvir seu riso. Encontra uma posição confortável para ficar ali e velar seu sono.

Francesca acorda em piscadelas lentas, demora um momento para se localizar. Mantém os olhos no teto por um segundo antes de virar a cabeça para a direita. Encontra Murilo sentado nas cadeiras toscas de metal. Não diz nada. É Murilo quem fala primeiro:

— Desculpe não ter trazido o Rodolfo. Fiquei com medo que ele fosse barrado.

O rosto de Francesca rejuvenesce de imediato. Ela ergue as costas e estende um braço para Murilo. Diz apenas: finalmente! Ele toma a mão dela, não entende como aquela mão pode estar tão dormente, como aqueles dedos fracos podem ter escrito tudo que escreveram para ele. Confessa:

— Eu fiquei nervoso.

— Por me conhecer? Se já me conhece.

— Mesmo assim. Olha aqui — e Murilo levou a mão dela até o próprio peito.

Ele julgou ver um brilho de orgulho na expressão de Francesca. Entendeu. Um coração acelerado é mesmo um bom elogio. Agora presta atenção à voz dela, que pede:

— Estou muito cansada. Você se importa se eu fechar os olhos?

Murilo faz que não com a cabeça e estende a mão livre para a frente, como quem concede uma autorização. Francesca parece dormir, mas continua falando:

— Desculpe os meus aposentos. Não é o cenário que você imaginava.

Um pouco perturbado pelo fato de que Francesca fala ao vivo do mesmo jeito que escreve, Murilo responde que tudo bem, não sabia mesmo o que imaginar. Os olhos dele percorrem de novo a cama, a superfície do lençol.

Murilo já vira muitos travestis na Voluntários da Pátria, nos restaurantes, em passeatas. Isso era diferente, claro, e Camilo já tinha explicado para ele os pormenores das variações trans, travestis, drags, não binários e outros nomes que ele não pudera decorar. Murilo nunca gostara de ver essas pessoas pelas ruas. Sentia-se de algum modo agredido. Mas agora, ali, não se acha em nada ameaçado. Tem vontade de perguntar se Francesca tinha apenas aparência de mulher ou se fizera alguma cirurgia, colocado peitos, removido o pênis, cavoucado para dentro do corpo e fabricado um clitóris, mas lera numa revista emprestada por Camilo — a mesma que o instruíra a respeito das cirurgias — que era uma espécie de gafe perguntar essas coisas: poderia ser constrangedor, a revista dizia, embora não especificasse constrangedor para quem. Murilo não encontra indícios de nada e decide perguntar mais tarde para Camilo.

Olha em volta pelas paredes atrás de algum assunto, não previra que seria tão difícil conversar com quem já trocara tantas mensagens. Percebe as manchas no teto ao redor da lâmpada que se esconde atrás de uma luminária opaca e asséptica.

— Eu gostei da luz daqui. Amarela. Não, amarela é a solidão, certo? Essa luz sépia.

Francesca sorri.

— Pode chamar de amarela, é mesmo uma luz sozinha.

Murilo reage num impulso:

— Tu não tá sozinha.

Nessa conversa hesitante, em que há um esforço tremendo para não se aprofundarem em nada, como se qualquer profundidade fosse perigosa, ambos sabem que estão circunvagando uma ferida. O sorriso permanece no rosto de Francesca, quieto e sereno. Como ela não dissesse mais nada, ele continuou.

— A alegria, que cor tem?

Ela abre os olhos, acordada pela pergunta. Fica séria.

— Verde. A alegria é verde.

— E a felicidade?

— Azul.

— Tristeza?

— É branca.

— O medo?

— Um cinza sem fim.

— E a saudade?

Francesca sorri de novo.

— A saudade é quente. A saudade abraça, acarinha, sussurra, canta baixinho e nos coloca pra dormir.
— Como o amor?
— Saudade é um dos nomes do amor.
— Tu acha que o amor tem muitos nomes?
— Alguns. O meu preferido é atenção.

Murilo liga para Lídia a caminho do Partenon e pede que ela o espere no Reunião. Apressa o passo em direção à irmã assim que a avista na mesa próxima à porta. No meio dos outros clientes, já começa a chamá-la em voz alta: Lídia, Lídia! Ela se assusta e, depois do terceiro grito pelo seu nome, faz um sinal com as duas mãos pedindo ao irmão que se esforce para chamar menos atenção dos outros. Tudo bem que é um boteco, mas ainda estão em público. Ele se senta à mesa já esbaforido:

— Lídia! Me diz, Lídia, Lídia, agora, tu sente saudade do Wilson?

Ela não tem cara de compreender. Murilo a encara ansioso.

— Lídia!

Ela ergue um guardanapo na direção da boca dele, como se tentasse abafar sua fala.

— Calma. Que pergunta é essa?

Murilo inspira fundo, toma um gole d'água do copo da irmã, pousa a mão sobre o pulso dela, com leveza. Pede, agora em voz muito baixa, que ela pense sobre isso. Que encontre no cérebro os registros de Wilson e tente descobrir se lá no meio está alguma sensação de saudade. Lídia cede à esquisitice. Fecha os olhos. Murilo acha que vê se desenharem, no rosto da irmã, as linhas do rosto daquele, os declives e as rugas da cara do ex-marido, o ar eternamente insatisfeito do Wilson, é quase possível sentir o cheiro cítrico que ele emanava por excesso de perfume. Lídia move os lábios, ali repousa uma palavra invisível. Responde ao irmão, tem certeza disso:

— Nenhuma saudade. Na verdade, desde que ele saiu de casa, eu gosto mais da minha casa.

Murilo sorri. Um largo sorriso.

— Viu, Lídia — sua voz apaziguada —, tu já é livre.

Murilo prepara um almoço tardio. Exibe com orgulho o carreteiro que recebe a aprovação de Camilo. Rodolfo ganha um lugar à mesa, e uma tampinha de plástico serve de depósito para alguns grãos de arroz que a tartaruga come mais veloz do que sua natureza pareceria indicar ser possível. O bom humor de Murilo é uma estranheza agradável para Camilo. O clima nunca esteve tão leve naquela casa. Estão terminando a refeição quando Murilo pergunta:

— Tu é amigo da Francesca há muito tempo, né?
— Defina muito.

Murilo não define.

— Sabe se ela apenas se trata como mulher ou se... tu sabe, fez a operação e tudo o mais?

Camilo bufa de leve. Depois solta algo entre um riso e um escarro.

— Por que, tá querendo comer? — e a pergunta repentina assusta Murilo, que derruba o garfo no chão antes de responder que "não, é claro que não e vai te foder, Camilo."

Os dois terminam de almoçar em silêncio, e apenas quando

Camilo se levanta para levar a louça na cozinha, diz com um tom mais calmo:

— Eu não sei, nunca perguntei.

A equipe da recepção sempre o recebe de cara feia. Já o conhecem, mas ainda assim pedem que ele apresente um documento. Murilo se vinga singelamente virando todas as microcâmeras fotográficas para o chão antes de se afastar. Entra no quarto de Francesca e a encontra com as pernas encolhidas. Aos seus pés, está o suporte da bandeja do almoço com os pratos vazios.

— Ainda não recolheram? — Murilo pergunta.

— Às vezes eles demoram.

Ele afasta a bandeja da cama e a leva para fora do quarto. Volta e vê Francesca com as pernas esticadas. Tenta adivinhar se há um volume na altura da pelve ou se já estaria escondida uma fenda. Quando percebe que Francesca acompanha o rumo do seu olhar, ele procura alguma coisa para dizer:

— A tua cama ficou toda amarrotada.

— Bom, eu tenho passado muito tempo aqui.

Francesca encolhe as pernas. Murilo puxa os cantos do lençol de baixo para prendê-los com mais firmeza. Sem olhar para ela, pergunta:

— Eu tinha uma curiosidade. Tu acredita em Deus?

— Desde criança — ela baixa o tom de voz —, mas acho que Ele não se interessa por mim.
— Por quê?
— Olha pra mim.
Murilo obedece. Olha.
— Acho que eu não estaria aqui se Ele se importasse.
— Achei que Ele sempre se importasse.

Afofa os travesseiros aos pés da cama. Empilha-os com cuidado e, num gesto automático, estende os dois braços na direção de Francesca. Ela hesita, estica devagar as pernas, e Murilo as recolhe com medo de machucar, e sustenta-as como bebês até acomodá-las sobre os travesseiros. Abre o cobertor sobre elas, tapando Francesca até os joelhos. Nem vê que ela enxuga uma lágrima ao dizer, tentando soar irônica:

— Deus lhe pague.

Murilo ri.

— Eu não acredito nele.

— Que assombroso. Nunca soube se viver sem Deus seria uma desgraça ou um alívio.

— Pra mim não é nem uma coisa nem outra. Pra ti talvez sejam as duas?

— Talvez. Você não acredita em nada?

— Já acreditei. Mas só nas pessoas, na arte, no amor. Hoje, eu tenho menos certeza.

— Ainda acredita na felicidade?

Ele senta na ponta do colchão, como se precisasse refletir

muito antes de responder. Esfrega as palmas das mãos sobre as coxas e encerra o movimento entrelaçando os dedos sobre o colo. Fixa o olhar num ponto do chão e tenta fingir que está sozinho.

— Acredito na felicidade. Que ela existe. Que ela ainda vai acontecer pros outros. Mas não mais pra mim. Acho que há caminhos pelos quais não se pode voltar. Cicatrizes que duram pra sempre. Quando me vejo no espelho, sei que essas marcas do passado nunca vão sair da minha cara. Eu não tinha essas covas do lado da boca, tu percebeu? São dos últimos meses. Também não tinha as sobrancelhas caídas, elas devem ter cedido faz pouco. Além disso, acho que o meu nariz também já esteve mais pra cima. Tu acredita nisso? Que os narizes podem deslizar pela nossa cara com o tempo? Mas não importa. As coisas não voltam atrás. É com essa cara que vou passar o resto da minha vida e acho que nela já não dá pra desenhar muita felicidade nova.

Francesca diz que isso é um desperdício de rosto. Afinal, quem tem a pele boa como a dele tem a obrigação de ser feliz. Murilo sorri. É a vez da pergunta dele:

— Tu foi feliz?

Mal termina de falar, já se arrepende da pergunta no passado, como se Francesca não tivesse futuro, como se já estivesse numa espécie de limbo transitório entre o que foi — feliz ou infeliz — e o que vai ser, que é nada. Mas ela não faz menção alguma ao tempo verbal.

— Fui. Mas não o suficiente.

— E por que não?

— Porque eu sempre quis ser obscenamente feliz. Mas fui só um pouco, e quase sempre escondida. Deus não é um grande fã de obscenidades.

Murilo solta ar pelos lábios quase fechados num som de pffff que só não sai mais longo do que debochado. Ajeita o corpo sobre os lençóis e se deita com a cabeça do lado dos pés de Francesca, seus próprios pés perto da cabeça dela. Faz outro som de pffff, agora mais curto:

— Acho que tu leu o testamento errado.

Lídia se une a Murilo e Camilo em mais uma tarde no Reunião. Os três escolhem a mesa à sombra. Sem nenhum constrangimento, o garçom entrega copos refrigerados aos rapazes e um comum à Lídia. Ela nem percebe, anda sem foco nos últimos dias. Eles conversam sem parar sobre Francesca, enquanto Lídia ouve, mas não interfere. Discutem o ambiente do hospital, a cara dos enfermeiros, o prognóstico da síndrome, o destino de Rodolfo que, no momento, está sendo acariciado por Lídia, não importa o quanto ambos lhe tenham dito que pelo casco ele não vai sentir nada. Agora que Murilo não foi a Goiás, cogita ficar com Rodolfo de vez, embora nunca tenha desejado um animal de estimação.

Os sanduíches dos rapazes são entregues. Lídia confirma que não vai comer nada, está sem apetite há dias. Os outros dois continuam a conversa sobre sintomas, mistérios genéticos e o mais puro azar. Lídia espera que Camilo vá ao banheiro. Aproxima o rosto de Murilo enquanto olha para as outras mesas, como se estivessem sendo vigiados por um espião. Fala num sussurro:

— Você e ele estão... — e deixa a pergunta se autocompletar nas reticências.

Murilo fecha as pálpebras por um segundo, como se suspirasse com os olhos, e depois joga a cabeça para cima num esforço de engolir o naco de sanduíche de uma vez. Encara Lídia ainda mastigando e estica o pescoço à frente, aproximando seu rosto do dela:

— Ficou louca, Lídia? Desde quando eu... — e também deixa que suas reticências se completem sozinhas.

— Também não é nenhuma ofensa — ela diz.

— Mesmo que eu fosse, o que não sou, ele tem um namorado ou algo do tipo. Um sujeito que está na Colômbia. Bom, na verdade ele acha que não tem mais. Mas eu fico na dúvida. É alguma coisa complicada. Camilo tentou me explicar a diferença entre — Murilo se concentra para tentar acertar o sotaque — *querer* e *amar*, mas eu não entendi nada, e agora não lembro se o namorado *quiere* ou *ama*, mas sei que a falta da outra parte é um problema impossível de resolver.

Os irmãos param de falar com o reaparecimento de Camilo, que retoma sua cadeira e finge não perceber nada.

Pelas próximas semanas, Camilo e Murilo se alternam em visitas à Francesca a cada dois dias, até o sábado em que decidem ir juntos e levar Rodolfo escondido. Estão no ônibus, e Camilo pede que desçam umas quadras antes, precisa fazer uma parada rápida a caminho do hospital.

— A Francesca me pediu uma lâmina de barbear. Não aguenta mais ter de pedir aos enfermeiros. Eles fazem a coisa pela metade. Outro dia deixaram um cavanhaque. Porque acharam engraçado. — Sua voz vira um fiozinho fraco. — Podes acreditar que foi isso que disseram quando ela reclamou? Era uma piada.

Murilo não tem o que responder diante disso. De alguma forma, uma forma que o faz sentir uma monstruosa culpa, ele entende o lado ofensivo do cavanhaque tanto quanto entende onde poderia se localizar nisso a piada. Disfarça a vergonha no silêncio. Eles percorrem a farmácia para pegar a lâmina, a espuma, e é Murilo quem de última hora tem uma ideia e inclui um hidratante na sacola. Explica a Camilo: loção pós-barba tem cheiro de homem.

Francesca os aguarda impaciente. Está entediadíssima com a televisão, e todos se recusam a lhe servir uma xícara de café porque não é o horário. Camilo se oferece para buscar um expresso na máquina do corredor. Assim que ele sai, Murilo deixa Rodolfo sobre a barriga de Francesca e esvazia a sacola da farmácia sobre suas pernas. Quando Camilo volta, ela avisa:

— O meu café vai ter que ficar pra depois. Agora, o Murilo vai tratar do meu rosto.

Murilo dá um passo atrás. Ela continua:

— Não vai?

Ele hesita um instante, mas confirma. Vai, sim. Camilo senta no sofazinho das visitas e se apropria do café de Francesca. Ele folheia uma revista de três semanas de idade enquanto Murilo começa os preparativos para a operação. Demora-se muito para abrir a embalagem das lâminas, para equilibrar perfeitamente uma toalhinha branca sobre o ombro e para encher uma tigela com água quente no chuveiro, como se aquilo fosse um processo novo para ele, como se nunca tivesse feito a própria barba de improviso e às pressas, com a espuma de um sabão de roupa, uma lâmina com pouco fio e a água gelada do inverno, como se aquilo tudo — a tigela de água morna, o aparelhinho de barbear recém-saído da embalagem, a toalha branquíssima sobre o ombro, o tubo de espuma e a loção hidratante — fosse a única maneira possível de barbear um rosto.

Murilo retira Rodolfo de cima do peito de Francesca e o coloca sobre seu umbigo. Ele começa a caminhar em direção às pernas dela. Murilo espalha a espuma sobre o rosto tranquilo de Francesca. Cobre toda a zona sombreada com gentis movimentos circulares. Cuida para não deixar nada de fora, mas também para não tapar suas orelhas. Molha o aparelho na água morna e vai, de pouco em pouco, raspando a lâmina sobre a pele. Faz com que ela mova o rosto, ele já está chegando do outro lado quando pede:

— Francesca, posso fazer uma pergunta?

Ela responde um "evidente" por entre os lábios entreabertos e, no mesmo instante, Camilo larga a revista ao seu lado e olha furioso para Murilo, que percebe a reprovação, mas continua:

— É uma coisa que eu queria saber já faz um tempo, mas tinha vergonha de perguntar.

Camilo quase se levanta, o corpo está na beirada do sofá. Até mesmo Rodolfo interrompe sua caminhada e estanca sobre o joelho de Francesca. Ela gruda seus olhos nos de Murilo. Ele explica:

— Não sabia o que tu ia pensar de mim se eu perguntasse.

Camilo fica de pé. Francesca suspira, e o ar sai das suas narinas balançando a espuma sobre o bigode. É um suspiro muito triste, de quem acaba de desistir de alguma coisa. Murilo suspende um movimento da lâmina, ajeita o corpo na cadeira e fala, olhando para o alto:

— O que é uma tribarra?

O quarto reverbera o riso solto de Francesca, e Murilo se dá por satisfeito ao ver com o canto do olho o dedo médio que Camilo levanta para ele.

Está em casa na tarde do dia seguinte, diante da janela do quarto. Observa o pouco movimento na rua e pensa no que dirá quando conseguir encontrar o pai de Francesca. Camilo não acha que Murilo deva ir atrás dele. Vai ser inútil, ele diz. Vai ser pior. O juiz não fala com ela há anos. Até ela tem receio de ir atrás, por mais que deseje uma chance de reencontro. Mas um reencontro desastroso é pior do que uma distância estável.

— É melhor não se meter — Camilo conclui.

Mas Murilo já está decidido. Releu muitas vezes o e-mail em que Francesca falou sobre o pai. O abandono, a saudade, a ausência. Sabe que é importante para ela. Sabe que ela não vai se sentir em paz se não se reconciliar com o pai. E imagina que o pai, mesmo que resistente a princípio, vá entender a gravidade da situação e pode ficar até feliz por ter sido procurado. É nos momentos graves que as famílias relembram o que significa ser uma família.

Ele pergunta à Lídia sobre o tal juiz. O mundo do direito não é assim tão grande na cidade. Ela o conhece de nome. Sabe que é muito discreto, respeitado, e que não costuma provocar controvérsias. Deve ser rara uma coisa dessas. Um juiz que não provoca controvérsias. Não pode ser um homem tão difícil de lidar. Será que Lídia conseguiria descobrir o endereço dele?

Murilo toca a campainha às oito em ponto. Está num desses bairros elegantes em que as casas grandes não contam com cercas nem muros. Protegidas por sabe-se-lá que outros feitiços da riqueza. O dia ainda está claro, mas não por muito tempo. Calculou que esse seria o horário ideal para encontrar o juiz com a cabeça já longe do trabalho, mas ainda não no jantar. Uma moça com o cabelo amarrado no topo da cabeça abre uma fresta na porta. Murilo tenta num segundo comparar aquela testa longa aos traços de Francesca, passa os olhos pelos ombros delicados da mulher e se pergunta se aquela poderia ser uma irmã, uma nova tentativa do juiz no âmbito da procriação, uma nova filha. Dá um passo atrás.

— Desculpe. Oi.

Ela não responde. Tem olhos grandes que perguntam.

— Eu sou o Murilo — ele continua — e tu é...

— A Joana.

— Que nome bonito. — As mãos de Murilo suam. — Eu queria falar com o teu pai.

Ela enlaça os braços sobre a barriga.

— O meu pai?

Ele gagueja. Não sabe por quê. Não tinha imaginado mais ninguém na casa, não tinha se preparado para um confronto suave com uma mulher que talvez não soubesse de nada. Ela aperta um pouco os olho e fala num tom de voz desconfiado:

— O meu pai morreu já tem três anos.

A única palavra que ecoa na cabeça de Murilo é "imbecil, imbecil." Ele tem vontade de cobrir o rosto com as mãos e ir embora, mas ao invés disso tenta apresentar uma cara amigável.

— Desculpe. Eu achei que tu fosse filha do senhor Ramos.

Ela ri, para alívio de Murilo. Não faz muito tempo, ele percebeu que tem uma inclinação a conclusões precipitadas. Talvez fosse um novo defeito. A preocupação dele desaparece por completo quando ela termina de escancarar a porta e explica:

— Imagina! Eu só trabalho aqui.

Ela pergunta o que ele quer com o patrão. Ele diz que tem um caso urgente para resolver com ele. Está prestes a comentar da filha, mas considera ser mais seguro mentir: é um problema no trabalho, afirma. Murilo é convidado a avançar pelo corredor de entrada e vê um homem que lê sentado numa poltrona de couro no fundo da sala. Ele veste um terno cinza, tem os cabelos grisalhos e uma postura mais sólida do que a própria poltrona. Murilo não sabe o que esperava, mas sente que era exatamente isso. Diz boa-noite. O homem ergue os olhos. Procura alguma coisa em volta, como se buscasse uma explicação para aquela aparição súbita.

— Eu sou amigo da filha do senhor.

E não houve nem um suspiro, nem um olhar. O homem na poltrona apenas o observa. Murilo quer dizer que ele precisa ir até lá fazer as pazes. Quer dizer o quanto Francesca é capaz de mudar vidas, mudou a dele próprio, quer falar da sua bondade, do seu espírito calmo, da sua sabedoria. Mas não diz nem uma coisa nem as outras. Continua de pé em frente à poltrona, com os sapatos sobre o tapete felpudo, a cera ainda brilhante no parquê, e tudo que Murilo consegue dizer é: a tua filha vai morrer. O homem fecha o livro sobre o colo. Seu rosto não contrai nenhum músculo. Ele retira os óculos e dá a única resposta que seria capaz de dar:

— Eu não tenho nenhuma filha.

Murilo tenta desvendar alguma coisa na voz do homem, mas está diante da esfinge.

— Quero dizer, acho que estou falando de... Francisco?

O juiz assente de leve com a cabeça. Seu olhar baço busca uma memória antiga. Ou é assim que Murilo interpreta seus micromovimentos.

— O meu Francisco morreu muitos anos atrás.

Murilo sente na garganta uma mistura de raiva e desprezo. Agora cria um desejo de vingança daquele homem especializado em abandono e tem a vontade súbita de cutucar uma ferida ainda aberta. Quer mentir que ele e Francesca foram amantes, quer dizer que o filho dele é a mulher mais irresistível que já teve na cama, quer dizer que ninguém nunca fez com o pau dele o que ela fazia. Mas não diz nem uma coisa nem as outras. Pergunta:

— Se o teu filho morreu, quem foi que eu visitei ainda ontem no hospital?

Murilo levanta e baixa os pés sobre o tapete, como que caminhando sem sair do lugar, observando as marcas afundadas que seus pés deixam na fofura. Fala sem pensar.

— Ele está esperando pelo senhor. Ela, digo. Olha, a gente não se conhece, mas eu sei que o senhor deu um jeito de criar um ser humano bom — Murilo baixa a voz. — O senhor é pai de uma pessoa muito boa. Além do mais, todo mundo fica igual dentro de uma camisola de hospital mesmo, tu nem vai notar a diferença.

O corpo do pai começa a tremelicar, aquela imensa solidez ameaçadora. A voz rouca não demora a responder, mas fala devagar e firme, como se cada palavra fosse resultado de uma batalha interior ou um chamado a um duelo.

— É melhor o rapazinho ir embora agora.

Murilo dá um passo à frente.

— Ela vai morrer.

O juiz se levanta com uma agilidade inesperada que deixa Murilo sem tempo de reagir. Quando se dá conta, está sendo empurrado para a porta da frente. O juiz o pressiona com uma das mãos no peito e a outra no braço. Tem uma força que não condiz com a idade, embora seu toque seja ao mesmo tempo sutil, na medida precisa não tanto para empurrar Murilo, mas para tornar inevitável que ele siga na direção do movimento até a saída.

— Essa é a minha casa — e num movimento contínuo solta o corpo de Murilo e abre a porta —, eu exijo respeito na minha casa.

Murilo tropeça ao sair, cai sentado no gramado e, antes de a porta se fechar, vê o rosto resignado do homem que diz:

— Todo mundo morre. Se o meu filho escolheu morrer duas vezes, é problema dele.

Um suor repentino e absoluto empapa a camiseta de Murilo. Ele sente o frescor da terra debaixo de si. Assim que se acalmar, Murilo vai se levantar devagar, espanar a sujeira da calça e caminhar com a roupa úmida para casa, torcendo que logo caia o temporal anunciado no noticiário, torcendo por uma chuva grossa e fria, torcendo por uma chuva limpa, que não virá.

Antes de irem ao hospital, Murilo pede a Camilo que não conte nada sobre o fiasco com o pai de Francesca. Ele assente com a cabeça. Camilo garante que não pretende falar nada sobre o assunto, ele preferia até nem saber. Além disso, hoje Camilo não vai ao hospital de qualquer forma. Tem uma entrevista de emprego pela internet para uma vaga em São Paulo, vai procurar um café com boa conexão. Murilo deseja sorte e sai de casa o mais cedo possível.

Assim que entra no quarto do hospital, ele retira Rodolfo da caixa de dominó e o aterrissa sobre o peito de Francesca. O rosto dela ganha uma nova nitidez toda vez que enxerga a tartaruga. Murilo senta na beirada da cama. Pergunta se está tudo em ordem. Trocaram os lençóis, deixaram o controle remoto por perto, trouxeram o almoço? Francesca responde sim a todas as dúvidas e, quando ele enfim para de falar, ela acusa:

— Quem tagarela muito esconde alguma coisa. O que aconteceu?

Murilo se encolhe. É verdade. Ele diz sem olhar para ela:

— Nada. Eu tava só pensando em ti e em tudo isso. Deve ser difícil odiar o próprio pai.

— Pois eu não saberia dizer.

— Mas não foi isso que tu disse? Naquele e-mail.

Francesca acomoda Rodolfo no côncavo do seu umbigo.

— Eu ainda sinto raiva do meu pai. Mas me recuso a perder a luta contra o ódio.

Francesca pressiona a própria barriga em diferentes pontos, criando relevos que confundem Rodolfo, numa brincadeira que Murilo não sabe bem a quem diverte. Ele tenta escolher as palavras com cuidado.

— Se eu estivesse no teu lugar, não sei se conseguiria perdoar.

— Também não vamos tão longe. Eu não falei em perdão. Não perdoaria quem não se arrepende. Ele fez as escolhas dele. Eu fiz as minhas.

Rodolfo parece começar a se divertir com o terreno móvel da barriga de Francesca (por que pensa isso, ou como percebe isso? Murilo não sabe). Quando ela para de apertar a própria pele, Rodolfo, pela primeira vez, caminha em círculos, ao redor do umbigo da dona. Murilo baixa os olhos para os próprios pés.

— Desculpe, Francesca, não imaginei que... — Mas ela o interrompe:

— Não há necessidade de pedir desculpas. Essa foi a minha vida com o meu pai, e eu não penso nisso como bom nem ruim. Eu poderia contar sobre como um vizinho certa vez escreveu *aberração* na nossa porta, sobre como o meu pai escutava em silêncio os comentários sobre o traveco do 502, sobre como deixavam bilhetes, desejando a minha morte, debaixo da porta. Mas não tem por que ruminar. As coisas são o que são. Todo mundo tem o seu inferno. A gente criou o nosso. Já quase não havia espaço para a gente desde a morte da minha mãe. O fantasma dela ocupava tudo, manchava tudo, estragava a vida inteira do meu pai. Então, quando eu comecei a aparecer de madrugada com outras roupas, os vestidos e as saias, como se dois corpos no espaço de um, o meu pai não aguentou. Não cabia mais um na nossa casa.

Murilo escuta. Não entende, mas escuta. Espera um momento depois que ela para de falar, e pergunta:

— E tu não podia só... parar? Pelo bem do teu pai, pra manter a paz, não sei.

Francesca tenta explicar que não podia. Tenta explicar o que significa nascer no corpo errado. Murilo hesita. Como pode existir um corpo errado? Se um corpo existe, se funciona, se respira, não entende onde pode haver um erro. Francesca fala do desencontro entre quem ela é e aquilo que ela aparenta. Uma fissura entre alma e corpo, para quem acredita em alma. Uma afronta diária do espelho. Odiar o próprio corpo é odiar a si mesmo, ela diz. Não há como separar uma coisa da outra. Chegou a sonhar com um futuro no qual fosse possível transferir a mente a uma máquina. Existir sem corpo foi seu desejo mais pulsante por metade da vida, até entender que o problema não era a materialidade da existência, mas a carne que lhe revestia os ossos. Não podia renunciar ao corpo, mas podia, e precisava, que, do esqueleto para fora, seu corpo correspondesse a quem vivia do esqueleto para dentro. Antes de começar com os hormônios, quis cortar a pele, mutilar o que doía todos os dias quando ia ao banheiro, quando tomava banho, a raiva de precisar tocar no corpo repulsivo. Não era um corpo estragado, ela concluiu, apenas o corpo errado.

Murilo pergunta se foi nessa época que o pai a colocou para fora de casa.

— Depois de cinco anos de brigas — ela responde.

— E nunca mais se falaram?

— Não até eu descobrir a doença.

Murilo volta a olhar para o rosto dela. Rodolfo dorme aninhado nas dobras do lençol. Francesca usa as mãos para criar uma redoma protetora sobre ele.

— O meu pai não entende que eu vou ser pra sempre o menino tímido que lê gibis no quarto. Pra sempre o adolescente com medo do mundo. Pra sempre o covarde na mesa de jantar. Pra sempre o rebelde. Pra sempre a jovem escondendo maquiagem. Pra sempre dona de si em cima do salto. Pra sempre uma afronta. Ele não enxerga mais em mim o filho, mas eu sempre vou ser filho também. Porque o tempo não é uma linha, é uma unidade. O tempo não passa, nós que atravessamos o tempo. Eu sou agora tudo o que já fui e tudo o que ainda vou ser. Ele goste ou não. Eu goste do que fui ou não.

Naquela noite, Murilo volta para casa pensando nos equívocos dos corpos. Seria possível haver alguém no mundo com o corpo que deveria ter sido de Francesca, e será que ela caminhava com as pernas de algum outro? Uma nova espécie de duplo, o avesso do molde do corpo? E o próprio Murilo, poderia ter sido trocado com alguém? Será que houve alguma menina, em algum lugar, que até os seis anos de idade foi vestida de azul e brincou com carrinhos? Seria ele hoje o verso ou o anverso do que deveria ter sido?

Quando ele tinha seis anos, quando o pai queimou suas roupas de menina, a mãe fez um funeral íntimo para a princesinha que ela perdera. Ela chorou aquela morte mais do que ele próprio. Meses depois, Murilo escutou-a dizendo ao pai: ainda sonho com ela, a minha menina. Sonho que ela está lá fora, mas morta, no meio da rua, e os urubus vêm comer seu corpo.

O pequeno Murilo não tinha ideia do que fazer com uma bola, nem gostou do short que ganhou do pai. As saias eram mais confortáveis, e com as bonecas podia conversar. Anda, guri, vai brincar na rua, tremeu a voz do pai, e ele se foi para trás da casa da família com a bola debaixo do braço e olhos que se enchiam de lágrimas cada vez que passava as mãos na cabeça quase careca. Tornou-se menino na frente do pai, mas diante das crianças do bairro tornou-se ainda mais menina: chutava como uma menina e, por isso, apanhava dos garotos que sabiam jogar futebol. Sentava como uma menina e, por isso, era estapeado pelos garotos mais velhos que, sob o disfarce de golpes, passavam a mão na sua bunda. Ser menina era apanhar; ser menino era manter o rosto duro dentro de casa. Homem não chora, o pai ensinou por palavras e por exemplo.

Foi essa dureza bem assimilada que o salvou na adolescência, quando descobriu que se fechar era a melhor forma de se defender. Tentava não falar muito nem se mover muito, não denunciar os primeiros anos da sua identidade. Convencia. Tornou-se quieto, isolado, duro, como um homem. Quis queimar as fotos, o álbum de bebê, mas a mãe não deixou. Escondeu tudo dentro de duas caixas de sapato que ele só encontrou depois que os pais tinham morrido. Com os pais mortos, não conseguiu se desfazer das coisas. Deixou com Lídia, sob a promessa de que ela jamais mostraria a ninguém. Guardou consigo apenas uma pulseira de plástico laranja, a única coisa que sobrevivera ao ataque do pai.

Está pronto para ir ao hospital quando Camilo volta da cozinha com o celular na mão e o interrompe. Não podem ir hoje, ela disse que não quer visitas. Murilo não entende, por que ela não quereria visitas? Diz que não está disponível, responde Camilo. Deve ter piorado, conclui Murilo.

— O pai dela precisa saber — Murilo defende enquanto tenta achar uma posição confortável na poltrona.

— Mas que diabo. O pai dela já sabe. Ele sabe de tudo, quem pensas que paga o tratamento, a internação, aquela merda toda no hospital?

Murilo se levanta da poltrona. Senta de volta. Levanta de novo. O pai? Mas se a briga, a ausência, o sumiço. E Camilo explica que, quando Francesca recebeu o diagnóstico, sem plano de saúde e sem dinheiro, bateu na porta do pai. Foi outra briga do tamanho de um cataclismo, claro, porque ela estava num vestido longo e maquiada, mas o resultado foi um gordo depósito e um acordo tácito: ela ficaria longe, ele se encarregaria dos custos do tratamento.

— Então ele tem algum carinho por ela — diz Murilo.

— Ou culpa. Não sabes o que é a síndrome de Alport?
— Só o que tu me contou.
— É genética. Só o pai pode passar pro filho. Eu achava que o pai dela estaria orgulhoso, cometendo esse assassinato pré-programado. Mas talvez ele sinta alguma dívida. Igual, se me perguntas, acho até adequado. São sempre os pais que matam os filhos transviados.

Camilo tem o rosto tenso depois de contar tudo. Parece azedado. Propõe uma cerveja no Reunião. Beber o morto, diz com raiva, mas a piada de mau gosto enfurece Murilo.

— Ela ainda não morreu. E, se tivesse morrido, seria beber a morta.

Agarra Rodolfo e sai de casa deixando a porta aberta. Resta Camilo perplexo no meio da sala.

Chega ao hospital determinado a ver Francesca. Não vai deixá--la sozinha no seu momento mais vulnerável. Apresenta-se na entrada nos habituais trâmites de visita. É quando lhe avisam que Francesca não está mais lá. Sente-se tonto. Precisa apoiar os braços sobre o balcão para ficar de pé. Teve alta hoje de manhã, conclui a funcionária.

— Desculpe?

A outra enfermeira estica o pescoço na direção deles. "Murilo?", pergunta, e ele responde que sim com a cabeça. A mulher se levanta devagar, revira uns papéis ao lado do computador e estende para ele um envelope lacrado.

Eu sabia que você viria. Não foi fácil convencer a enfermeira a entregar esta carta por mim, acho que ela queria evitar o envolvimento. Estamos sempre tentando evitar o envolvimento, não é?
Tive alta hoje muito cedo. E nossa história chegou ao fim. Tenho outras coisas para fazer, Murilo. O mundo é vasto demais para o tempo que me resta. Sei que isso é algo que qualquer ser humano já poderia dizer no dia em que nasce, mas é uma verdade que se aprofunda com a experiência. Acho que estou tentando amenizar os fatos: é hora de seguir. Você vai seguir também. Sei que o mundo está repleto de livros em que uma mulher morre para que um homem comece a sua história. Mas espero que você não estivesse contando com isso.
Um beijo,
FRANCESCA

Nunca sentiu uma raiva tão orgânica quanto essa. Como ela pôde sumir assim? Outras coisas para fazer, pensa Murilo, e corrói as palavras no esôfago. Não demora em chegar à casa do juiz. Toca rápido a campainha mais de cinco vezes até que a empregada abra a porta com cara de preocupada. Ele passa por ela sem dizer nada, entra na casa à procura do senhor Ramos. Não o vê na sala nem à mesa de jantar na sala contígua. Avança pelo corredor abrindo portas, até que se vê dentro de um escritório amplo, uma parede coberta por estantes de livros, as outras completamente nuas. O juiz está sentado atrás de uma mesa de madeira. Enquanto as estantes parecem antigas e sofisticadas, a mesa poderia ter saído de um brechó de caridade. O homem não demonstra surpresa, mas não esconde o incômodo. Levanta-se devagar, caminha até a frente da mesa e cruza os braços. É Murilo quem fala.

— Se o senhor vai visitar a sua filha, eu não sei. Mas achei que devia saber que até um animal de estimação tem sido uma melhor família pra ela.

Murilo se aproxima e delicadamente coloca Rodolfo sobre a mesa. Segura-o entre os dedos para que ele não saia caminhando.

A curiosidade do juiz vence sem aviso sua dureza e, antes que possa se reprimir, sua cabeça se vira na direção da mesa.

— O que é isso?

— A tartaruga da Francesca.

O juiz suspira. Ou bufa. Murilo solta os dedos e deixa que Rodolfo dispare para a frente. O homem agora emite um breve ruído com a garganta, algo entre um rugido e um pigarro. Quando Murilo ergue os olhos, vê como ele tem uma expressão de nojo voltada para o animal. O juiz cruza os braços sobre o peito.

— Admiro a tua insistência. Mas eu já conheço essa coisa.

Murilo fica tão surpreso que precisa se apoiar contra a mesa. O senhor Ramos se afasta um passo. Parece de repente um pouco desarmado.

— Incrível ainda estar vivo. Esse bicho já deve ter uns quinze anos.

— Mas ele é tão pequeno — Murilo olha para a tartaruga com incompreensão.

— Ela ficava dentro de um aquário.

— Ele tem quinze anos?

— O meu filho queria que ela ficasse solta, mas eu nunca gostei.

— Mas quinze anos?

— Ela não deve ter crescido tudo que podia.

— É ele. É o Rodolfo.

O senhor dr. Ramos quase ri.

— É fêmea.

— Quê? — Murilo já não entende nada.

— Eu não sei o nome, mas essa tartaruga é fêmea.

— Tem certeza?

O senhor Ramos dá a volta na mesa. Inclina de leve o tronco e aponta para o pequeno Rodolfo ainda atravessando o tampo de madeira.

— Ela tem a carapaça redonda logo acima da cauda. Fêmea. Os machos têm um corte triangular.

Murilo aproxima o rosto de Rodolfo. Considera por um segundo que talvez o juiz esteja mentindo. Um pai de má qualidade falando sobre falsos critérios de tartarugas. Perde a desconfiança quando encara os olhos agora pacíficos do senhor Ramos. Volta a olhar para o animal na mesa.

— Então é fêmea?

— Com certeza.

— Quer dizer que deveria ser Rodolfa? — a frase sai em tom de pergunta sem querer. Murilo começou pronunciando-a como uma afirmação, mas de repente lhe ocorreu a dúvida e, quando termina de falar, já sabe que a questão é descabida, o pensamento todo é descabido.

O juiz já fechou a cara de novo. Murilo tenta chegar a um consenso.

— Bom, é um nome inteligente. Ela se chama Rodolfo. E a Francesca...

— Eu sei.

— Bom — Murilo hesita —, o Rodolfo agora é teu. Como uma herança ao contrário.

— Eu não quero nada com isso.

— Eu também não queria. Mas o que a gente quer costuma ser bastante irrelevante.

Murilo acaricia o casco de Rodolfo. Sente no peito uma pontada quente, como se uma flecha em chamas o tivesse atravessado de repente com uma ideia luminosa, mas mortal. Murilo posiciona Rodolfo de frente para o juiz. A flecha no peito queima mais. Faz uma última carícia na cabeça pequenina de Rodolfo, abre os dedos e se afasta da mesa. A tartaruga caminha em frente. Murilo encara o juiz: o rosto do homem tem feições de morte, como se tivesse sido atingido pela mesma flecha ardente. Os dois baixam a cabeça em direção a Rodolfo, que avança em linha reta sobre o tampo da mesa. Murilo observa com orgulho a tartaruga até que percebe, no limite da visão, que logo adiante o juiz pousou dois dedos sobre a mesa.

O juiz espera que Rodolfo chegue perto o suficiente. Quando está ao seu alcance, ele vira a mão num tapa e derruba a tartaruga no chão. Rodolfo pela primeira vez parece desorientado. Avança um centímetro para a direita, mas logo se reorienta para a esquerda. Caminha reto na direção do juiz. O senhor Ramos age como se já estivesse esperando por aquilo. Ele ergue o pé: o juiz crava apenas o calcanhar direito no chão, e mantém elevada toda a parte frontal do pé para onde Rodolfo se encaminha. Rodolfo, a tartaruga fêmea, do tamanho de um sabonete, sempre implacável, Rodolfo vai caber perfeitamente embaixo do pé do juiz. A flecha no peito de Murilo se congela. Seu estômago se contrai. Ele sabe que, se interferir agora, perde a batalha. Rodolfo caminha. O pé do juiz se mantém firme. O peito de Murilo desaba para dentro. Ele ergue os olhos, mas não encontra os do juiz. O homem continua olhando para baixo, acompanha cada pequeno passo da tartaruga. Murilo cuida as rugas na testa do juiz. Sente a boca se encher de saliva e não consegue mais conter os espasmos no estômago. Uma lágrima se forma no canto do olho. Antes que ela escorra, Murilo dá as costas à cena. A flecha parece sair pelas suas costas. Ele corre para a porta. Empurra-a com força para sair. Tropeça no meio-fio. Quase cai na sarjeta e, apoiando as mãos sobres os joelhos, vomita mais do que jamais vomitara em toda a sua vida. Ao erguer a cabeça, vê, emoldurado pelos marcos da porta, o juiz caminhar em direção a outro cômodo. Não pode acreditar no que fez. Como um bicho selvagem, corre de volta em direção à casa do senhor Ramos, cambaleante e fraco. O juiz desvia da sua rota e também passa a caminhar na direção dele: passos tranquilos. Estão separados por apenas trinta centímetros quando o juiz fecha a porta. Murilo passará quase três horas apertando o dedo contra o botão da campainha, intercalando murros na porta com berros que às vezes parecerão uivos, sem nenhum sinal de movimento ou irritação dentro da casa. Quando enfim a exaustão vencer, Murilo caminhará até seu apartamento sustentando nas costas os quatro pilares do mundo.

Camilo chuta a bacia de água, espalhando os potes pela sala. Murilo encolhe o corpo num reflexo. Camilo coloca os braços no quadril e encara a parede. Parece ter esgotado seu estoque de violência depois dos gritos, xingamentos e agora a destruição do antigo lar de Rodolfo. Não pode acreditar que Murilo abandonou Rodolfo sem nem um aviso ou despedida. Na sua raiva, ele nem percebeu que, quando Murilo entrou em casa, estava carregando, além da trágica notícia, uma pilha de caixas de papelão dobradas debaixo do braço, caixas que ele agora começa a montar em frente ao sofá. Quando Camilo se vira, não entende:

— Vais me colocar na rua?

Murilo interrompe a montagem e ergue o rosto.

— Claro que não. Eu que vou embora.

Camilo vai até o sofá e se joga sobre as almofadas. Tem os olhos úmidos. Segura nas mãos a capa de CD que servia de rampa para Rodolfo. Murilo diz que o apartamento está pago até o fim do mês. Vai largar umas caixas na casa da irmã, preparar uma mala e gastar o décimo terceiro em algum lugar novo. "E o emprego?", pergunta e protesta Camilo. Mas Murilo diz que foda-se, foda-se tudo, eles que o demitam quando ele não reaparecer depois do fim das férias, que o processem por abandono, não se importa. Camilo tenta puxar algumas das caixas para o lado dele.

— Não podes ir embora. Não podemos acabar com uma derrota assim. Precisamos buscar Rodolfo.

Murilo retoma as caixas e ergue a mão aberta na direção de Camilo como quem lida com uma criança birrenta. Antes do fim do dia, todas as suas coisas, que não são muitas, estão encaixotadas.

Lídia vem buscá-lo para ajudar com o carregamento. Ela abraça Camilo e pergunta se ele não quer vir passar um tempo na casa dela. Há espaço de sobra: Wilson foi embora logo depois de pedir o divórcio. Mas ele recusa. Vai ficar ali só mais alguns dias, arrumar suas coisas também e ver o que faz da vida. Abraça-a de novo.

— És uma grande mulher — diz no ouvido dela.

Quando terminam de levar tudo para o carro, Murilo sobe para entregar a chave a Camilo e o encontra sentado no chão, posição de lótus, tão pequeno no apartamento vazio. Só restam os móveis e, na área de serviço, a máquina de lavar que pertence aos dois, ou a nenhum. Aproxima-se de Camilo.

— Desculpe.

Abaixa-se para entregar a chave ao antigo invasor, mas ele não se move. Murilo segura a mão aberta no ar alguns instantes, mas desiste. Larga o chaveiro no chão, em frente ao amigo. "Desculpe", repete, e vai embora. Todos os pequenos erros prévios da sua vida convergiram para esse erro central, esse, agora. Todos os anteriores foram nada mais do que ensaios. Até mesmo aquele erro originário, o erro da sua mãe, fora apenas uma iniciação ao caminho dos erros. Tudo enfileirado para que ele chegasse com maestria a esse momento, o dia em que precisou errar de modo inequívoco, errar sem erro.

Passará uma noite na casa da irmã, no segundo quarto da casa, entre as caixas das suas coisas e seus móveis desmontados e uma porção de porta-retratos vazios que ele não sabe se Lídia esvaziou depois da separação ou se estiveram assim desde o começo, à espera dos filhos que não vieram, mas Murilo vai colocar neles as fotos suas que não conseguiu queimar, vai dormir com o ar-condicionado ligado e, na manhã seguinte, vai sair de casa cedo e pegar um ônibus para fora da cidade.

Sempre ouvira falar na Barra do Ribeiro como uma espécie de fantasia que os pais contavam para fazê-los acreditar em lugares melhores. Há uma praia quase dentro da cidade, eles diziam. Há um pedaço do Guaíba onde ainda é possível se banhar. Há um sonho — era isso que Murilo entendia —, a apenas um ônibus de distância, e lá as pessoas podem entrar de biquíni no supermercado. Ainda assim, a família nunca tinha ido, o que dava ao lugar uma aura de miragem, durante a infância, mas de mentira, depois que Murilo cresceu.

É com grande desconfiança que ele desce no centrinho do município depois de atravessar uma grande área rural. Uma mistura esquisita de prédios antigos e novas vidraças formam a paisagem do lugar que abriga, com a mesma naturalidade, carroças, cavalos e carros rebaixados entoando música sertaneja. Ele pega a primeira transversal que sai da avenida. Caminha em linha reta. Em poucas quadras, chega ao rio; o mesmo Guaíba que cheira a esgoto no Centro está ali decorado pelas boias coloridas que as crianças vestem nos braços. Um rio escondido no rio.

Procura um lugar para ficar. Um vendedor de sorvetes lhe conta que logo ali vai encontrar o antigo hotel (um pouco caro para a quantidade de cupins que há nos armários), uma pousada baratinha (limpa, mas sem café da manhã), e um hostel (cheio de gente jovem, essa gente que anda por aí com suas mochilas). O vendedor analisa Murilo e sua sacola de viagem, um saco de tecido sintético decorado com a marca de um posto de gasolina.

— Mas tu não é nem muito jovem nem muito rico, né?

Sem muito debate, eles decidem que o melhor para Murilo é a pousada da Dona Berta, que na verdade não se chama assim, mas é assim que ela se apresenta desde que foi morar ali. O vendedor o acompanha até lá, o que faz Murilo se sentir obrigado a comprar um picolé. Escolhe limão, mas o sujeito entrega um de goiaba. Pra adoçar, ele diz, e vai embora assim que Dona Berta surge no portão gradeado.

O lugar é bem cuidado, ainda que velho. A senhora começa por mostrar os quartos mais bonitos, com vista para a rua, mas Murilo não tem dinheiro para tanto. Explica à Dona Berta que não quer esbanjar, queria só um lugar para ficar sossegado umas semanas, talvez um mês.

— Acho que eu sei o que tu quer — ela diz ao acelerar o passo para os fundos de um corredor pouco iluminado.

Apresenta a Murilo o menor quarto da pousada, mas o mais silencioso. Infelizmente, tem apenas uma cama de solteiro, mas era isso ou não caberia o armário. Está perfeito, Murilo garante depois de calcular que pode ficar um mês inteiro. Vai ter que ser tempo suficiente para esquecer.

FRANCESCA,
uma vez minha irmã me disse que, para alguns povos originários do Brasil, os urubus são os portadores do fogo. Nunca soube se é verdade, ela disse que tinha lido na Barsa na casa de uma colega, mas na biblioteca da escola não havia enciclopédias para eu conferir. Acabei esquecendo do assunto, até a primeira noite que passei na portaria. Deviam ser umas três da manhã quando ouvi o barulho do elevador. Ele subiu por alguns segundos e, logo depois, a porta abriu de volta no térreo. Um homem de camiseta, calça jeans e só de meias apareceu na minha frente. Me cumprimentou, abriu a porta da rua e fumou um cigarro debaixo da marquise.
Na volta, ele me olhou fixo e decerto percebeu que eu era novo ali: "Tu tem isqueiro?" Respondi que não. Com um sorriso de canto, como se me entregasse uma chave mágica, me entregou o dele. "Um bom porteiro precisa sempre ter fogo. Toda hora desce um fumante esquecido e eles vão gostar de ti."

Usei o isqueiro muitas vezes. Os fumantes gostavam mesmo de mim. Mas não importa. Joguei no lixo antes de vir pra cá, antes de vir ser alguma coisa diferente de um urubu.
Espero que tu volte a me responder, que tu venha me explicar.

Murilo passa a maior parte do tempo à beira do rio. Evita se encontrar com Dona Berta porque ela puxa muita conversa. À noite, volta para o minúsculo quarto, ouve música e toma vinho. Comprou do vendedor de sorvetes um garrafão de vinho colonial que o sogro dele produz num sítio e também um saco de balas de morango. De vez em quando, manda uma mensagem à Lídia para dizer que está tudo bem. Envia mais e-mails para Francesca, mas eles começam a voltar porque o endereço não existe mais. Toda vez que se lembra de Rodolfo, abre uma das balas de morango para se distrair. O quarto está cheio dos papéis de bala. Quando deixa a porta aberta, o amontoado de embalagens chega a farfalhar com o vento que encana. Pouco antes de começar a se acostumar com os dias de férias, recebe o e-mail da irmã.

MURILO,
como você anda?
O Camilo finalmente saiu do seu velho apartamento. Veio passar uns dias comigo antes de ir a Medellín. O Jorge escreveu. Disse que arranjou uma casa grande demais e não dava conta de bagunçar tudo sozinho. Eles são tão doces.
O Camilo foi embora na quinta-feira. É uma pena que você não estivesse aqui pra se despedir. Ele sentia sua falta.
Não sei se fiz bem, mas uma assistente do pai da Francesca veio me procurar no fórum. Queria me entregar o Rodolfo. Como é que o Rodolfo foi parar lá? Bom, eu não aceitei.
Volta pra casa,
LÍDIA

Lê a mensagem de Lídia no celular, quando está sentado na grama, com as costas apoiadas contra uma árvore, de frente para o rio. Camilo foi embora. Francesca foi embora. Wilson foi embora. Gabbriela foi embora. Rodolfo continua andando sempre em frente em algum lugar.

    Murilo se levanta. Caminha até a água e avança até que ela chegue aos tornozelos. Senta e estica as pernas. O que ainda poderia acontecer? Deita na areia. A água fria chega à pele de Murilo como uma inauguração. Arrepia os pelos do corpo. Murilo sabe que vai molhar o celular, mas não se preocupa. Assim, meio submerso, sente-se quase sereno, quase em paz com seus fracassos.

    Ele sobreviveu.

    Um pássaro solitário sobrevoa o rio logo acima da sua cabeça. A voz de uma criança ao longe pede pai, só mais cinco minutos. Um sopro de vento leva grãos de areia aos olhos de Murilo, que se fecham. Borrões coloridos aparecem-lhe em movimento. Um perfume de lavanda. Francesca num vestido de verão que ele nunca viu. E, no meio do sonho lúcido, ele intui, a intuição sendo essa coisa tão feminina que ele só poderia ter aprendido de Francesca, sim, ele com certeza intui que Francesca já está em algum novo país operando também os seus milagres.

Com as roupas ensopadas, pinga um rastro de água até a pousada. Enquanto ele caminha, um amontoado de folhas secas, reunidas ao lado de uma árvore, espalha-se novamente em frente a um restaurante. Uma formiga investiga as reentrâncias dos rejuntes de cimento entre as lajotas do chão. Uma tartaruga, em algum lugar, caminha em linha reta. No canto esquerdo da boca de Murilo, um sorriso nasce lento, move-se para o centro dos lábios em sutil tremelique e espalha-se até o canto direito. Ao completar-se, funda em Murilo um novo rosto.

Murilo não irá atrás de Francesca, aprendeu a respeitar portas fechadas. Os rins de Francesca podem lhe dar mais alguns meses ou mais décadas de vida, é impossível saber. É melhor não saber. Enquanto ele não souber, Francesca está a salvo. Enquanto não receber o nome da morte, ela está a salvo. O tempo não é uma linha: ele será sempre este homem, e estará para sempre dentro daquele quarto de hospital. Toma o ônibus de volta a Porto Alegre ao meio-dia.

Chega ao Centro debaixo de um estrondoso temporal de verão: a chuva que as pessoas aguardavam com a esperança de reduzir um pouco as dezenas de graus que se somam nos termômetros, embora toda a experiência não canse de comprovar que o verão aqui é sempre tórrido. Mas chove: e enquanto as paredes de água desabam indiferentes aos desprevenidos e àqueles que não compram guarda-chuvas a dez reais debaixo de marquises, a maioria dos porto-alegrenses se recolhe e espreita pelas janelas o temporal. Murilo se abriga numa livraria, onde compra papéis coloridos e envelopes pardos. O aguaceiro arrebata e passa. Aos poucos, as pessoas voltam às ruas, com passos apreensivos, como se o temporal pudesse estar esperando na curva da esquina pelo momento de voltar e pegar a todos de surpresa. Ao mesmo tempo que os pedestres vão contornando poças e evitam passar debaixo de árvores frondosas, o sol brilha e ensaia reflexos em gotas d'água. O amanhecer se repete dentro do dia encharcado.

Quando chega à casa da irmã, Murilo esparrama os papéis sobre a mesa da sala. Escolhe para hoje uma folha cor de violeta. Escreve uma carta para Francesca. A primeira carta que lhe escreve fisicamente, com as costas curvadas, a caneta presa com força entre os dedos. Pelos próximos anos, por todos os anos da sua vida, escreverá cartas a Francesca. Vai deixar em branco o campo de remetente. E vai enviá-las sempre ao hospital, onde com sorte, a sorte que nunca falta onde ela é imprescindível, elas vão chegar às mãos de uma enfermeira curiosa, que vai abrir as cartas como se desvendasse um pequeno milagre, e vai levá-las para casa, vai ler em voz alta à sua família os pequenos acontecimentos da vida desse sujeito de quem só sabe o primeiro nome, e vai guardar as cartas — não sabe por que deseja guardá-las — numa caixa de sapatos que, dali a muitos anos mais, será encontrada pelos netos da enfermeira que esvaziarão o apartamento depois do seu velório, e que lerão os papéis amarelados lembrando-se de quando, na infância, a avó lhes contava as aventuras de um homem misterioso que vivera anos antes, que atravessara a vida de muitas pessoas, e diante da caligrafia firme de Murilo, vão trocar olhares e se perguntar: será verdade?

FONTES
Fakt e Heldane Text

PAPEL
Pólen Bold

IMPRESSÃO
Gráfica Santa Marta

MISTO
Papel | Apoiando o manejo
florestal responsável
FSC® C005648